Schwikart · Heinrich Böll

Georg Schwikart

Heinrich Böll

Ein Heiliger gegen den Strich

Auf der Suche nach der eigenen Lebensspur

echter

Für Klaus

Die Deutsche Bibliothek – CIP-Einheitsaufnahme

Heinrich Böll – ein Heiliger gegen den Strich / Georg Schwikart. – Würzburg : Echter, 1996
(Auf der Suche nach der eigenen Lebensspur)
ISBN 3-429-01763-7
NE: Schwikart, Georg; Böll, Heinrich

Umschlag: Uwe Jonath (Foto: dpa-Bild)
Gesamtherstellung: Echter Würzburg
Fränkische Gesellschaftsdruckerei und Verlag GmbH
ISBN 3-429-01763-7

Inhalt

Der Zug war unpünktlich

Feiertags die Republik ost-westwärts zu durchqueren, geschieht auf eigene Gefahr: kurz vor Leipzig blieb der Zug auf freier Strecke stehen. Nach einer halben Stunde wurde en passant informiert: schwerer Lokschaden. Doch unmittelbar nach Verkündigung dieser Hiobsbotschaft setzte sich der Zug wieder in Bewegung. Ich liebe Wunder; allein, der Anschluß war weg.

Nach Beratung durch meinen Taschenfahrplan entschloß ich mich, anstatt via Cottbus–Leipzig–Frankfurt/Main jetzt eben über Magdeburg–Hannover–Köln an mein Ziel zu gelangen: Bonn, jene Stadt am Rhein, die sich nur noch verschämt »Bundesstadt« nennt, das ›haupt‹ ging an die Spree.

Der Schaffner des nächsten Zuges musterte meine Fahrkarte ausführlich und befand, ich müsse für die kilometerreichere Strecke zusätzlich bezahlen. Wachte oder träumte ich? Ich verlangte für die Verspätung ja gar keine Entschuldigung mit Handschlag und Blumenstrauß am Bahnsteig – aber für die aus der Not geänderte Route noch draufzuzahlen, das schien mir abwegig. Es kam zum Disput. Die Kontrahenten rangen um Höflichkeit. Mit der demonstrativen Macht eines Uniformierten zog der Schaffner mit meinem Billett von dannen.

Er trat wieder auf, die Kilometer waren kein Thema mehr. »Was lesen Sie denn da?« fragte er, um ein paar versöhnliche Worte bemüht. Ich hielt ihm Bölls »Verteidigung der Waschküchen« hin. »Oh, Heinrich Böll!« Der Schaffner strahlte, als träfe er einen alten Bekannten. »Ich habe sein Irisches Tagebuch gelesen, das muß aber dreißig Jahre her sein.« Ein netter Plausch entwickelte sich: von Bölls Widerstand gegen die Staatsmacht über die deutsche Vereinigung gelangten wir zum Guinness zurück.

Als sich der Schaffner wieder seiner Arbeit zuwandte, fragte mich meine Platznachbarin: »War das jetzt ein Ossi oder ein Wessi?« Ich gestehe, meine Reaktion hatte etwas Getragenes an sich: »Wie lange wird man wohl noch so fragen?«

Mystisch-geheimnisvoll des Schaffners Schlußsatz, den er mir zusprach, als er noch einmal vorbeiging: »Jesus war auch nicht so einfach einzuordnen!« Diese Bemerkung einzuordnen war auch nicht gerade einfach; ich deutete sie auf mein klerikoides Aussehen hin: der Rolli war wirklich langweilig-kontrastlos zum grauen Anzug!

Was ich sagen wollte: Ich habe Heinrich Böll eine Versöhnung zu verdanken.

Ungewöhnlich waren die Fähigkeiten des Schaffners, der das Fahrgeld bei uns kassierte; er übte vier Tätigkeiten gleichzeitig aus: er bekreuzigte sich (im Zusammenhang mit dem Rosenkranzgebet), las in der Zeitung, rauchte und kassierte Geld, alles gleichzeitig.
Wahrscheinlich gibt es für einen, der Ire ist und schreibt, viel Ärgerliches in diesem Land, aber ich bin kein Ire, und ich habe Ärger genug mit dem Land, über das und in dessen Sprache ich schreibe, und auch der katholische *Ärger in dem Land, dessen Sprache ich schreibe, genügt mir.*

(*Abschied von Irland*)

Lebensgeschichten

Der Brief des Lektors war kurz. Nach der Anrede standen da nur zwei Worte: »Böll: ja.« Es folgten zwar noch ein paar zeilenfüllende höfliche Nettigkeiten, damit das Schreiben in der Adventszeit nicht so telegrammartig kurz ausfiele. Doch wichtig waren nur die zwei Worte, eigentlich nur das eine: ja. Eine Woche zuvor hatte ich mit ihm über die neue Reihe diskutiert: »Auf der Suche nach der eigenen Lebensspur«. Deren Ziel ist es nicht, neue Biographien vorzulegen. Vielmehr soll es um Menschen gehen, die durch Krisen gereift sind. Da sollen Persönlichkeiten vorgestellt werden, die anderen etwas zu sagen haben – und gerade deswegen oft nicht mehr in ihrer eigenen schwierigen Lebensbewältigung wahrgenommen werden. Bei den Heiligen der Kirche beispielsweise glätten die Biographen gerne die Ecken und Kanten der Frommen. Warum eigentlich? Abgehobene Weltfremde können Normalsterblichen wie unsereinem ohnehin kaum ein Vorbild sein. Aber einen Mönch, der Versuchungen erlag und doch wieder auf die Beine kam, dessen Lebensgeschichte sehe ich mir an. Eine Nonne wie Teresa von Avila, die von sich selbst sagt, sie habe etliche Jahre in spiritueller Trockenheit gelebt, tröstet mich. Oder ein anderes Beispiel: daß Simone de Beauvoir und Jean-Paul Sartre Alkoholiker waren, schmälert nicht deren Wirken und Werk. Aber aus dieser Perspektive betrachte ich es anders. Ebenso die pädagogischen Ratschläge Jean-Jacques Rousseaus, der seine leiblichen Kinder ins Waisenhaus steckte...

Die Darstellung von inneren Widersprüchen, von Einschnitten im Lebensweg solcher Menschen kann, übers bloß Biographische hinausgehend, den Leserinnen und Lesern ein Beispiel geben, wie sie mit eigenen Krisen und Konflikten zurechtkommen können.

Nun also Heinrich Böll. Paßt der überhaupt in die Reihe? Paßt er denn in irgendeine Reihe, eine Schublade? Was war das für ein Mensch? Ein Schriftsteller? Na klar, aber nur das? Etwa ein Politiker? Sicher auch, aber Böll war nie parteiisch im Sinne einer Parteihörigkeit.
Heinrich Böll war ein Moralist. Am Ende des ausgehenden 20. Jahrhunderts hat diese Bezeichnung keinen guten Klang: zu leicht denkt man an einen Moralpredigten haltenden Moralapostel. Von solch plakativer Besserwisserei weit entfernt, war Heinrich Böll doch jemand, der das Ideal vom gelungenen Sein nicht aufgegeben hatte. Er konnte Gegebenheiten und Bedingungen seiner Zeit genau und kritisch analysieren, was aber eben nicht bedeutete, daß er sie für unveränderbar gehalten hätte. Im Gegenteil. Mehr als zehn Jahre nach seinem Tod haben sich die von ihm aufgebrachten Gemüter längst wieder beruhigt. Alle politischen Lager zollen ihm Anerkennung, ehren seine Verdienste um die Literatur, auch um die politsche Kultur in Deutschland. Doch bei so viel einhelligem Lob sollte man hellhörig werden. Allzuoft versteckt sich dahinter schlichtweg Desinteresse: da soll jemand weggelobt werden. Dabei kann der Nachwelt ja nur etwas sagen, wer nach Jahren noch Anstoß erregt und damit zum Nachdenken anregt.
Natürlich war Böll in mancher Hinsicht ein Phantast. Er beschrieb Utopien inmitten schlimmer Zustände, in denen glückliche, starke Menschen (vor allem Frauen!) agierten. Vielleicht sind diese standhaften, im guten Sinne »edel« anmutenden Typen rar auf dieser Welt. Aber darf deswegen niemand daran erinnern, daß Mut und Anständigkeit auch in unserer Zeit möglich sind?
Böll hatte eben seine Zeit, meint mancher Kritiker. In unseren Tagen wirkten seine ethischen Appelle doch irgendwie lächerlich. Gerade die Linken sparen nicht mit Spott. Böll sei »eine Art Ehrenpräsident des Protestes« gewesen, sein »pastorenhaftes Pathos pflichtdurchzittert«. – Das

Urteil einer sich rasend wandelnden Epoche, der es unvorstellbar erscheint, daß noch wenige Jahre zuvor jemand seinen unpopulären Standpunkt vertrat, ohne diplomatisch um den heißen Brei herumzureden.
Böll war kein zaghafter Mensch, kein experimenteller Lyriker im Elfenbeinturm, sondern ein Literat, der den Mund aufmachte – gefragt oder ungefragt. »Erst kommt das Fressen, dann kommt die Moral!« Mit diesem Sinnspruch mochte Bert Brecht etwas Wahres aussprechen. Und wenn beide Schriftsteller sich in Form, Ausdruck und Inhalt ihrer Werke auch unterscheiden, so verbindet sie doch, daß sie als Moralisten literarische Formen und Mittel benutzten. Moralisten freilich, die sowohl ihre eigene moralische Haltung kundtaten als auch die Un- beziehungsweise Doppelmoral der Gesellschaft entlarvten.
Wer über die deutsche Literatur der Neuzeit spricht, kommt an Heinrich Böll nicht vorbei. Doch wie kam der Kölner dazu, dieses Monument zu werden, an dem sich die Gemüter rieben? Kann man sich auf den Weg zum Ruhm, einer der bekanntesten Schriftsteller des 20. Jahrhunderts zu sein, etwa drängen? Oder ist ein solcher Werdegang vorgezeichnet?
Als am 21. Dezember 1917 in der Domstadt Köln ein Knabe das Licht der Welt erblickte, da tat kein Literaturgigant den ersten Schrei, sondern ein kleines Menschenkind, das auf den Namen Heinrich getauft wurde. Im gleichen Jahr hatte in Rußland die Oktoberrevolution stattgefunden. Deutschland befand sich im Weltkrieg (den »Ersten« würde man ihn erst mehr als zwanzig Jahre später nennen). 1917 war das schlimmste Hungerjahr.
Bölls rheinische Heimat war der westliche Teil Preußens. Dort liebte man diesen katholischen Abschnitt des Herrschaftsgebietes nicht sonderlich. Und doch waren es ausgerechnet die protestantischen Preußen, die die Fertigstellung des berühmten Domes vorantrieben und 1880 als ihren Erfolg verbuchten.

Böll erlebte eine Kölner Kindheit, will sagen: eine katholische im kleinbürgerlichen Milieu. Die kirchliche Prägung war ihm ein Leben lang anzumerken. Seine Mutter Maria Hermanns kam aus Düren und entstammte einer Sippe von Bauern und Bierbrauern. Der Vater Viktor Böll war ein Nachfahr von Schiffszimmerleuten, die vor Jahrhunderten aus England nach Xanten emigriert waren – aus Gründen religiöser Verfolgung. Der Vater besaß eine Schreinerei und arbeitete als Holzbildhauer. Sechs Kinder gingen aus der Ehe hervor, Heinrich war das jüngste davon. Die Familie »praktizierte« nicht nur, wie man das in Köln eben machte: Tischgebet, Kirchgang, Teilnahme am Religionsunterricht. Glaube war bei den Bölls eine prägende Komponente des alltäglichen Lebens.

Eine wichtige Veränderung ergab sich für das Familienleben 1929. Der Vater Heinrich Bölls hatte für eine Handwerkerbank eine Bürgschaft übernommen. Die Bank aber machte in den Unruhen der Weltwirtschaftskrise Pleite, es kam zum Vergleichsverfahren und Viktor Böll mußte zahlen. Dem fiel das Haus der Familie zum Opfer, man zog in einen weniger vornehmen Vorort. Seitdem, bermerkte Böll später in seinen Lebenserinnerungen, war der »Kuckuck« des Gerichtsvollziehers ständiger Gast bei Bölls. Doch da nannte man die beklebten Gegenstände, das Klavier etwa, scherzhaft »Kuckucksnester«. Man lebte mit der Misere und ließ sich nicht unterkriegen. Frei nach dem Kölner Lebensmotto: »et hätt noch immer jootjejange«. Eine Übungsstunde für Bölls weiteres Leben.

Er ging nur ungern zur Schule, er schwänzte oft, schaffte es aber dennoch bis zum Abitur, das er 1937 neunzehnjährig am Staatlichen Kaiser-Wilhelm-Gymnasium in Köln machte; die Noten pendelten zwischen gut und »genügend«. Der Erwähnung wert: Böll wünschte die Angabe seiner Konfession auf dem Dokument der Reifeprüfung: »katholischen Bekenntnisses«. Das Zeugnis vermerkt unter der Rubrik »Charakter«: »Schwerblütig, verträglich, vielleicht nicht energisch genug.« Insgesamt muß seine Erinnerung an die Schulzeit äußerst trübe gewesen sein. Als nämlich 1948 sein erster Sohn, Raimund, das Laufen anfängt, schreibt Böll an seinen Freund Kunz: »Ich denke mit Schrecken daran, daß der arme Kerl insgesamt 18 Jahre zur Schule muß. Vier Jahre Volksschule, neun Jahre Gymnasium und noch mal wahrscheinlich vier Jahre zur Universität, wenn er Lust hat. Ist das nicht schrecklich? Achtzehn Jahre! Achtzehn Jahre mehr oder weniger Angst!« Wer so etwas schreibt, muß doch wohl eigene Erfahrungen dieser Art gemacht haben: Angst, nicht mitzukommen, Angst vor Lehrern, Angst vor schlechten Noten...

Der Heranwachsende fing früh an zu schreiben, unsystematische Aufzeichnungen, Gedichte, Geschichten, vor allem ein Tagebuch. Eine Lehre bei der Bonner Buchhandlung Lempertz brach Böll nach einigen Monaten ab; seine Familie war in großen finanziellen Schwierigkeiten, und er meinte, da sei diese Ausbildung mit einem Salär von nur zwölf Mark monatlich nicht zumutbar. 1938 allerdings verdiente er gar nichts mehr; er war zum Arbeitsdienst beordert worden. Daran anschließend studierte er, allerdings nur ein Semester lang, in Köln Germanistik. Böll gehörte nämlich zu den ersten, die im Herbst 1939 zur Wehrmacht eingezogen wurden. Mit seinen knapp 22 Jahren war er ja auch im »idealen« Soldatenalter: frisches Fleisch für die Front.

Böll blieb bis zur Kapitulation Landser. Ihm war klar, daß er im Nazideutschland keine Chance hatte, sich dem Kriegsdienst zu verweigern. Aber er bemühte sich, nur das Notwendigste zu leisten, und konnte so immer einer Beförderung aus dem Weg gehen.

Das Kriegsende im Mai 1945 war für ihn eine »Befreiung« – von den Nazis, vom Militär, aus der Kriegsgefangenschaft. Allerdings, so kritisierte er später häufig, hätten die Befreier Deutschland zu schnell im Stich gelassen, was den ja keineswegs ausgestorbenen Nazis Auftrieb gegeben und sie in die Lage versetzt hätte, nach dem Krieg jene Posten zu besetzen, die sie auch schon in der braunen Periode innehatten.

In den ersten Jahren nach dem Krieg nahm ein fruchtbares schriftstellerisches Schaffen seinen Anfang: der Roman »Kreuz ohne Liebe« entstand. Mit dem Kreuz ist das Hakenkreuz der Nazis gemeint; das Werk wurde jedoch nie veröffentlicht. Er probierte es mit Kurzgeschichten, die fast sämtlich den Krieg thematisierten. Dem anfangs mäßigen Absatz folgte erst ein paar Jahre später der Erfolg, die Popularität. In der schwierigen Zeit bis zu den ersten gewinnträchtigen Büchern lebte Böll nicht nur in armseligen finanziellen Verhältnissen. Natürlich war auch er von der Wohnungsnot betroffen. Dazu bedrückte ihn, der keinen Beruf erlernt und sein Studium nicht abgeschlossen hatte, die Sorge um den Beruf. Begabt in Deutsch, belesen und mit der Fähigkeit beschenkt, erzählen zu können, kam der Wunsch, Schriftsteller zu werden, eher en passant. Ein Mann eben, der arbeiten und für die Familie den Lebensunterhalt verdienen wollte. Was allerdings ein harter Job war. Mehrere Male stand er kurz davor, alles hinzuschmeißen. »Meiner Familie gegenüber kann ich jedenfalls eine andere Lebensweise nicht länger verantworten«, schrieb er an seinen ersten Lektor, Paul Scharf vom Middelhauve Verlag, »und obwohl ich manchmal (sekundenweise) glaube, eine Aufgabe zu haben, so ist mir doch die Literatur keine unglückliche Stunde meiner Frau und meiner Kinder wert.«

Hatte er schon als Schüler geraucht, war er während des Krieges nikotinsüchtig geworden, drohte er in den sogenannten »Aufbaujahren« in schlimmere Süchte abzugleiten: Alkohol und Medikamente vernebelten zeitweilig die Tristesse der Nachkriegszeit. Aufgemuntert und zum Durchhalten bewogen, mit der Schriftstellerei ernst zu machen, wurde er immer wieder von seiner Frau Annemarie, einer Jugendliebe, die er während des Krieges 1942 geheiratet hatte.

Was sein schreibendes Wirken angeht, so darf man nicht der Fehldeutung anheimfallen, Böll habe sich zunächst in Kurzgeschichten versucht und erst später dann Romane fertiggebracht. Dieses Klischee ist falsch, denn beide Genres beherrschte er parallel. Dazu kommen die essayistischen Texte. Die Lebensernte seines Gesamtwerkes hat etwa je dreieinhalbtausend Seiten Erzählerisches und Essayistisches eingebracht.
Dabei war die Arbeitsmaxime Bölls die, daß er sich sagte: Die Themen liegen auf der Straße. Die Kunst sei es, die richtige Form dafür zu finden. Und diese konnte eben einmal ein Hörspiel, einmal ein Kommentar in der Zeitung, einmal ein Roman sein. Alles Erzählte spielte übrigens ab »Und sagte kein einziges Wort« (erschienen 1953) im Jahr des Entstehens, also in der unmittelbaren Gegenwart. So versetzte er die handelnden Personen in die Zeitgenossenschaft seiner Leserinnen und Leser.
Die Themen Krieg und Wiederaufbau – aus Bölls Sicht auch Restauration – wichen Ende der fünfziger Jahre der Auseinandersetzung mit der Kirche. Es war gleichzeitig Bölls irische Phase: mit seinem Ferienhaus in Irland, 1958 erworben, erfüllte sich der Schriftsteller einen Traum. Das »Irische Tagebuch« entstand. Böll war fasziniert von der Lebensphilosophie Irlands, auch von der Religiosität auf der Insel. Die Frömmigkeit der Iren schien ihm ursprünglicher, echter zu sein als in Deutschland. Mit der deutschen Kirche, dem formalisierten Christentum, haderte er. Ein wenig verwunderlich ist schon, warum er den irischen Katholizismus nicht so kritisch durchleuchtete wie den deutschen. Vielleicht wollte er sich ein Ideal bewahren?
Bölls Kritik kam von innen, die harsche, aber nicht zerstörende Kritik eines engagierten Katholiken. Aber Böll überforderte damit die Kirche seiner Zeit. Die Auseinandersetzung verlief undialogisch, wie man heute sagen würde, und endete mit Bölls Kirchenaustritt 1976. Allerdings, darauf weist der Neffe Viktor Böll hin, wäre Hein-

rich Böll als Pole, Ire oder Italiener formell nicht aus der Kirche ausgetreten; nur in Deutschland sei ihm dieses Zeichen der Distanzierung von der Institution Kirche möglich gewesen.

Bölls Interesse galt dem Hier und Heute; viele gesellschaftliche Bereiche beobachtete er genau und verfolgte mit kritischem Augenmerk ihre Entwicklung. So wurde er in der Bundesrepublik der siebziger Jahre wider Willen ins politische Tagesgeschäft verwickelt. Als humanistischer Mahner forderte er gleiche Rechte für Terroristen wie für alle Rechtsbrecher, er wandte sich gegen die Moral der Lynchjustiz. Das wurde gegen ihn ausgelegt als Sympathiebeweis für die Terroristen. Die Beschuldigungen, er paktiere mit den Verbrechern, kamen sowohl von parteipolitischer Seite als auch aus den Medien. Sie reichten bis zu anonymen Morddrohungen. Einer rief an und sprach in die Muschel fast lyrisch: »Der Hanf für den Strick, der um deinen Hals gelegt wird, ist schon geerntet.« Böll ließ sich nicht unterkriegen, trug aber schwere Enttäuschungen davon: Deutsche Pressefreiheit schien eben auch Verleumdungsfreiheit zu gewähren.

Der aufkommende Haß war teilweise die willkommene Abrechnung mit dem sich einmischenden Schriftsteller: Manchem gefiel nicht, daß Böll während des Kalten Krieges heiße Kontakte in den Osten hielt. Er stand mit russischen, polnischen, tschechoslowakischen und anderen Schriftstellern und Künstlern in Kontakt. Böll wußte, Europa hört nicht an der Demarkationslinie zur DDR auf. Leider konnte er den Umbruch der kommunistischen Regimes nicht mehr erleben. Und wir mußten auf eine kritische Kommentatorenstimme zur deutschen Vereinigung verzichten. Aber in den langen Jahren davor, als kaum jemand an ein wiedervereinigtes Deutschland zu glauben wagte (obwohl offiziell beschworen), da trug er auf seine Art zur Verständigung der sich auseinanderentwickelnden Staaten bei. Die vierzigjährige deutsch-deutsche Nachbarschaft war ja mehr als bloß ein Zwischenspiel. Das mögen Historiker behaupten. Für die Menschen waren sie Lebensgeschichte.

Um Lebensgeschichten seines, Heinrich Bölls Lebens, geht es in den folgenden Kapiteln. Nicht im Sinne einer Aneinanderreihung von Daten und Fakten. Vielmehr soll aus verschiedenen Perspektiven ein Licht auf seinen Lebensweg geworfen werden, darauf, wie da jemand – mal tastend, mal forsch drauflosgehend – seinen Weg suchte. Mögen sich diese Puzzleteile zum Mosaik einer Persönlichkeit zusammensetzen, die ihren eigenen Lebensweg suchte und ging, wenn auch zuletzt am Stock.

Mit diesen Händen, die abends das Kreuzzeichen auf die Stirn deines Kindes zeichnen, hast du den Abzug des Maschinengewehrs um jene entscheidenden Millionstel Millimeter verrückt, so daß er die Stirne anderer und Unschuldiger zerschmetterte. Mit diesen Händen hast du die Kippen der Neger aufgelesen, hast du viele, viele Brote zerschnitten und gegessen und viele, viele tausend Male den Suppenlöffel zum Munde geführt ...
Mit diesen Händen hast du die schmierigen Gläser in rumänischen Kneipen und die sauberen Gläser in flämischen Kneipen zum Munde geführt, mit diesen Händen hast du manchen Aperitif in dich hineingeschüttet und manche Flasche Wein an den Hals gehalten ...
Mit diesen Händen hast du die Schuhe von einer schwarzen Russenleiche gezogen, da deine zerfetzt waren, mit diesen Händen hast du in den Taschen der Toten nach Machorka gesucht, da der Hunger dir den Bauch auftrieb ...
Mit diesen Händen hast du den Stacheldraht angefaßt, dich schmerzhaft im Fleisch schneidend, hast dir die Finger blutig gerissen, weil dein ganzer Körper vor Hunger schrie, wenn drüben die Eiersuppe mit Benzin übergossen und vernichtet wurde.
Mit diesen Händen hast du manches tiefe Loch in die dunkle russische Erde gegraben, hast du in tiefster Dunkelheit gierig und hastig das Kochgeschirr mit Suppe oder Kaffee zum Munde geführt, mit diesen Händen hast du dem Leutnant ins Gesicht geschlagen, eine Minute bevor er fiel ...
Diese Hände haben geschachert, du hast den Stoff der Hose oder des Mantels, die du verscheuern wolltest, damit prüfend und preisend berührt und hast die Geldscheine mit diesen Händen in Empfang genommen ...
Viel, viel Geld ist durch diese Hände gegangen. Geld für die Straßenbahn und für Tabak und Schnaps. Du hast mit diesen Händen Geld vom Schwarzmarkt weggetragen und

hast Geld zum Schwarzmarkt gebracht, alles mit diesen Händen.
Mit diesen Händen hast du nicht den, sondern die Faust in der Tasche gehalten, mit diesen Händen hast du die Portieren zu vornehmen Hotels und zu düsteren Kneipen geöffnet, du hast diese Hände im Atlantik gewaschen und in den Fluten des Schwarzmeeres. Viel haben diese Hände empfangen und wenig gegeben.
Du hast die Erde zerbröckelt damit und hast dir ein Stück deines Hemdes damit abgerissen, weil die Hose voll war. Du hast Urlaubsscheine damit gefälscht und hast falsche Namen damit geschrieben, um Butterbrote oder Zigaretten auf trostlosen Bahnhöfen zu erschleichen. Diese Hände haben unzählige Zigaretten gedreht aus russischem Tabak, deutschem Tabak, aus Kippen und aus feinstem amerikanischen Tabak. Diese Hände hast du millionenmal gewaschen, und immer wieder waren sie sauber, rein und unschuldig, und kein Mensch hat sich gefürchtet, sie anzufassen, obwohl du tödliche Granaten damit in den Trichter des Werfers gesteckt hast.
Du hast damit Papierkügelchen zum Pult des Lehrers geschossen, hast sie an dem ewig lädierten Füllfederhalter beschmutzt, und zu einer Zeit, die du nicht mehr kennst, hast du die Brüste deiner Mutter damit berührt, du hast die Schulmappe damit umklammert, von vielerlei Blut waren sie befleckt, schwarz von geronnenem Blut, das die Poren verstopfte, Blut von ihm oder Blut von dir, sie waren wie Metzgerhände, diese Hände, die dein Kind abends im Spiel mit seinem unschuldigen Mund berührt, wenn du das Zeichen des Kreuzes auf seine Stirn zeichnest.

(Mit diesen Händen)

Bundespräsident bewirft Kettenraucher mit Sand!

Wäre da nicht sein bekannt eigenwilliges Verhältnis zur Boulevard-Presse gewesen, vielleicht hätte die Bild-Zeitung nach Heinrich Bölls Beerdigung die obige Überschrift auf die Titelseite gesetzt. Immerhin reihte sich Richard von Weizsäcker in die Trauergemeinde ein und nahm wie viele andere Abschied von einem großen Schriftsteller.

Da ist es, das Wort, vor dem ich mich gefürchtet habe, obwohl ich es nun selbst ins Spiel bringe: »der große Schriftsteller«. Natürlich war Heinrich Böll das. Nun ist Größe keine Frage der Quantität, sondern der Qualität. Aber sehr produktiv war Böll obendrein, mehr als drei Dutzend Bücher fassen seine Werke: Romane, Kurzgeschichten, Erzählungen, Hörspiele, Essays, auch Reden, Kommentare, Rezensionen, sogar Drehbücher und Bühnenstücke – was man so schreiben kann, hat er geschrieben. Ich gestehe freimütig, nicht alles gelesen zu haben, was aus seiner Feder floß – beziehungsweise, was seine Finger in die Reiseschreibmaschine tippten.

Ich kenne nur einen Bruchteil der um ein Vielfaches umfangreicheren Sekundärliteratur zum Literatur-Nobelpreisträger. Sein Frauenbild wurde untersucht und die Frömmigkeit seiner Romanfiguren, sein Verhältnis zum Staat, zur Kirche, zu Irland, zum blauen Dunst – einzig seine Stellung im tibetischen Buddhismus scheint nach wie vor ungeklärt... Was da Germanisten, Theologen, Soziologen zusammengetragen haben, mag für das Verständnis des Werkes hilfreich sein, wenigstens erklärend, erbaulich oder sonst etwas. Manches habe ich zur Kenntnis genommen, einiges enttäuschte mich: die Interpretationsversuche haben nicht selten einen eigenen Zugang zu Bölls geschaffenen Welten verstellt. Dabei hat der Leser doch nur etwas von der Lektüre, wenn er eben diesen eigenen, persönlichen Zugang findet. Wird diktiert, was eine Geschichte zu sagen, welche Empfindungen sie hervorzurufen und welche Fragen sie aufzuwerfen hat, schwindet die Lust am Text dahin. Möglicherweise werden noch Lösungen vorgekaut, die nicht einmal der Autor selbst im Sinn gehabt hat. Böll bedauerte einmal, daß der Leser nichts »lassen« könne, sondern immer darauf aus sei, zu ergründen, was der Autor »gemeint« haben könnte.

Dazu paßt die neckische Anekdote mit dem Fahrradreifen: 1969 stellte Böll der Universität Boston kartonweise Manuskripte für Forschungszwecke zur Verfügung. Bis dahin hatten die nun wissenschaftlichen Zwecken zugeführten Blätter ganz profan in der Böllschen Garage geruht. Beim Einpacken für den Versand war aus Versehen ein Fahrradreifen in eine Schachtel geraten... Die Bostoner Germanisten, so überliefert René Böll, rätselten lange, welchem Roman der Reifen zuzuordnen und welche Rolle ihm wohl zugefallen sei. Inspiration? Ob Dissertationen zum Thema erschienen sind, ist leider unbekannt.

Zurück zum sandschippenden Präsidenten. Die letzte irdische Station des großen Schriftstellers verrät etwas über Widersprüche und Brüche in seinem Leben: der aus der Kirche Ausgetretene wird kirchlich beerdigt. Die hohe Politik gibt dem lange Verschmähten ein Stelldichein. Sogenannte einfache Leute aus Merten im Rheinland erweisen dem weltberühmten Nachbarn in echter Trauer die letzte Ehre. Ein frommer, ein politischer Mensch hat sich zu Tode gequalmt. Ein Lebenskreis schließt sich, der alle Schattierungen des Daseins kennengelernt hat. Seine herausragendste Eigenschaft war wohl die Liebe zum Leben selbst. Trotz aller Widrigkeiten oder deswegen.

Eine Beerdigung wird für mich zum Ausgangspunkt einer Entdeckungsreise. Ich will diesen Menschen kennenlernen. Nicht nur seine Bücher, die kann jeder lesen, wann

und wo er will. Aber ich bin überzeugt, dieses Leben hatte nichts von der Glätte, die Kurzbiographien in Lexika oder Taschenbuchausgaben vortäuschen.
Das Bertelsmann-Universallexikon beispielsweise schreibt unter anderem: »Sein in Ost und West sehr erfolgreiches Schaffen schildert scharf zusehend die Alltagswirklichkeit des Krieges, der dunklen Nachkriegsjahre, des Wirtschaftswunders und der Staats- und Kircheninstitutionen, wobei ihn sein katholischer Glaube nicht an radikaler Kritik hindert.« Es folgen die Titel der Veröffentlichungen. – Nun, falsch ist das alles nicht. Aber Heinrich Böll ist mehr. Viel mehr.
Wie soll ich mit Heinrich Böll fertigwerden? Der Soldat Böll ist ein Pazifist, der aus der Kirche Ausgetretene bezeichnet sich als Katholiken. Ohne Berufsausbildung und Studium wird da einer Literaturnobelpreisträger. Überschüttet mit Preisen und Ehrungen, mehreren Doktortiteln honoris causa (sogar ein nordrhein-westfälischer Professorentitel reiht sich ein), lehnt Böll 1979 das Bundesverdienstkreuz ab. Denn das Verhältnis zu diesem unserem Lande war diffizil: Zwar war er Freund einiger Politgrößen wie Willy Brandt, Helmut Schmidt und Herbert Wehner, doch waren seine Widersacher nicht weniger mächtig. In den siebziger Jahren unterstützte er die SPD, später die Grünen. Wie soll man die Facetten dieses Mannes darstellen können, der sich im Laufe seines Lebens anscheinend zu jedem Thema geäußert hat: Krieg und Frieden, Ost-West- und Nord-Süd-Konflikt, Holocaust und Atomkraft, Gerechtigkeit und Liebe, Literatur und Schriftstellerei, Umgang mit Geschichte, Religion, Trauer, Köln, Brot... die Litanei der Themen findet kein Ende.

Manches Wort, das scheinbar gleichgültig ausgesprochen wird, gewinnt plötzlich etwas Kabbalistisches. Es wird schwer und seltsam schnell, eilt dem Sprechenden voraus, bestimmt, irgendwo im ungewissen Bezirk der Zukunft eine Kammer aufzureißen, kommt auf ihn zurück mit der erschreckenden Zielsicherheit eines Bumerangs. Aus dem leichtfertigen Geplätscher unbedachter Rede, meist jenen furchtbar schweren und matten Worten beim Abschied an Zügen, die in den Tod führen, fällt es wie eine bleierne Welle zurück auf den Sprechenden, der plötzlich die erschreckende und zugleich berauschende Gewalt alles Schicksalhaften kennenlernt. Den Liebenden und den Soldaten, den Todgeweihten und denen, die von der kosmischen Gewalt des Lebens erfüllt sind, wird manchmal unversehens diese Kraft gegeben, mit einer plötzlichen Erleuchtung werden sie beschenkt und belastet ... und das Wort sinkt, sinkt in sie hinein.

(*Der Zug war pünktlich*)

Damals war Krieg

»...und der Krieg ist schrecklich«, notierte Böll knapp in einer Reisebeschreibung über eine Tour nach Berlin, die 1952 noch per Zug durch die DDR führte.
Kann jemand die Schrecken des Krieges überhaupt nachvollziehen, wenn er sie nicht miterlebt hat? Die Nachgeborenen können sich Filme über den Krieg anschauen, Bücher lesen, Museen besuchen oder Menschen interviewen, die den Krieg erlebten, überlebten. Aber wissen sie dadurch, was das ist: Krieg? Ich habe in der Schule mehrmals das Thema Nationalsozialismus und Krieg »durchgemacht«, weiß besser über die Chronologie der Ereignisse Bescheid als meine Mutter oder Tante Elisabeth, die viel vom Krieg erzählen. Aber dieses »Bescheidwissen« läßt sich nicht mit dem Erlebthaben vergleichen.
Dabei gibt es selbstverständlich »das« Kriegserlebnis gar nicht. Eine Schwäbin aus einem Dorf in der Nähe von Reutlingen, nach Kriegserinnerungen gefragt, sagte: »Da habet sie mir das Fahrrad geklaut!« Ein Fischer aus Borkum würde anderes berichten als eine Hausfrau aus Benediktbeuern. Großstädter erlebten anderes als die Landbevölkerung, Kinder hatten eine andere Perspektive der Dinge als Erwachsene. Der Krieg, das sind viele Gesichter, doch stets zog er eine Fratze.
Manche haben am Krieg verdient, für den einen war er die Möglichkeit, ein wenig in der Welt herumzukommen, für die andere Anlaß, sich freiwillig oder gezwungenermaßen zu emanzipieren. Mancher träumt noch Jahrzehnte später von den Grausamkeiten, die er mitansehen mußte und über die er bis heute nicht sprechen kann. Der fünfzigste Jahrestag des Kriegsendes – 1995 begangen – hat gezeigt, wie vielfältig immer noch die Interpretationen sind: das Kriegsende als Zusammenbruch, als Befreiung, als Beginn

von revanchierender Vertreibung? Und was war das, was vor diesem Ende stand: war der Krieg eine fast zwangsläufige Folge des ungerechten Versailler Vertrages? Ein psychologisch geschickt eingefädeltes Massenunternehmen, ein Betriebsunfall, ein mißglückter Versuch von Expansion, »Weltverbessserung«, Verwirklichung eines ethnozentrischen Wahngebildes?

Heinrich Bölls Kriegserlebnisse ähneln streckenweise hunderttausend anderen Schicksalen und sind doch eine persönliche Geschichte, die es kein zweites Mal gab.

Seinen Dienst mußte Böll in Deutschland, Frankreich, Polen, der Sowjetunion, in Ungarn und Rumänien versehen. Alle Stunden zusammengerechnet, verbrachte er Monate in Zügen. Darüber hat er später eine Reihe kurzer Erzählungen verfaßt. Aufschluß über die Soldatenzeit geben auch die Briefe, die er seinen Eltern, Geschwistern und seiner Freundin, Verlobten und seit 1942 Ehefrau Annemarie schrieb. Wenn möglich, schrieb er täglich. Diese Briefe sind eigentlich ein Stück Reiseprosa, in der Böll es versteht, das Gesehene anschaulich zu beschreiben: Stimmungen, Wetterlagen, Gerüche, das Antlitz fremder Kulturen und Menschen.

Im Herbst 1942 ist Böll in Rouen stationiert. Von dort aus schreibt er am 2. Oktober: »Heute morgen, als wir durch die Straßen gingen, da kamen die Französinnen noch ungewaschen aus ihren kleinen Häusern oder guckten zu ihren Fenstern raus, die ganze Wollust des Schlafes hing noch über ihren Gesichtern, die ganze Freude, ein Haus zu haben und darin zu sein. Das Gefühl der Heimatlosigkeit packte mich ganz wild, wie ich so dahinziehen mußte in den schrecklich schweren Stiefeln mit meinem schweren Gepäck.«

Das ist doch eine grausame Ironie: der mörderische Krieg bringt den jungen Mann nach Paris, der damaligen Weltstadt Europas schlechthin. Sonst hätte er wahrscheinlich keine Möglichkeit zu einer solchen »Reise« gehabt. Von einem Erlebnis in Paris schreibt er in einem Brief vom 2. Feburar 1943: »Denk Dir diesen Untergrund-Bahntunnel, etwa um halb elf, vollgestopft mit Landsern, Blitzmädels und Feldwebeln der Luftwaffe – kein Zivilist –, und dazwischen taucht ein Bettler auf, ein Bettler – ein königlicher Bettler! Groß, schlank, ein hageres, ernstes Gesicht, langer weißer Bart und langes weißes Haupthaar und eine unbeschreibliche Eleganz in den Bewegungen – abgetragene Schuhe, keine Strümpfe, eine völlig zerrissene Hose, ein König, wirklich ein König. Die Menge teilt sich vor ihm, und er – er sucht auf dem Boden nach Zigarettenstummeln. (...) Und die Landser und die Blitzmädels lachen, lachen laut! Denk Dir nur, sie lachen laut... Und er sitzt mitten dazwischen auf einer Bank und sortiert seine Beute! Ruhig, gelassen, voll einer Würde, wie sie diese Welt nicht kennt.«

Dabei waren die sechs Kriegsjahre gewiß keine Angelegenheit, an die man sich als Kriegskamerad schwärmerisch erinnern könnte. Böll wurde verletzt, viermal verwundet, überstand brutale Kämpfe, auch an der Front. Er schrieb Freistellungsgesuche, um studieren zu können, d.h. dem Soldatenelend zu entkommen. Er brachte sich künstlich kleinere Verletzungen bei. Ab 1944 versuchte er systematisch, im Bewußtsein des nahenden Kriegsendes, so wenig Zeit wie möglich im Dienst der Wehrmacht zu stehen: Er fälschte Urlaubspapiere, Krankenscheine, verlängerte sie selbst und ließ sie verlängern; er desertierte auf Raten und fand in immer gefahrvolleren Zeiten immer mehr Menschen, die ihn darin unterstützten: mal war es ein Arzt, der ihm Krankheiten attestierte, mal ein Bauer, der ihm Milch gab, mal ein Polizist, der sein Fahrrad auslieh. Und Glück hatte er, schlichtweg Glück! Die Vorgesetzten erkannten nicht die ungeschickt gefälschten Scheine (oder sahen sie darüber hinweg?).

Am Ende stand doch die Gefangenschaft. Er wurde in einem amerikanischen Lager in Attichy, nordöstlich von Pa-

ris, interniert. Dort lernte er Ernst-Adolf Kunz kennen, mit dem ihn eine lange und intensive Freundschaft verbinden sollte; die Korrespondenz der beiden – publiziert aus den Jahren 1945 bis 1953 – gibt Auskunft über die schriftstellerische Entwicklung Bölls im besonderen und die Zustände im Nachkriegsdeutschland im allgemeinen. In einem Brief vom 15. Juni 1946 schreibt Böll an Kunz: »Die Gefangenschaft ist und bleibt das furchtbare Gespenst meines Lebens, gegen das alles andere verblaßt...« Hunger, Einsamkeit und Sehnsucht nach der Frau, totale Erschöpfung, die Unsicherheit, was kommen mag – all das zehrte an ihm. An einem Oktobertag 1945 konnte er endlich heimkehren, traf dabei zufällig seine Schwester Gertrud auf der Rheinfähre zwischen Bonn und Königswinter, schloß endlich seine Frau in die Arme. Über dieses Glück, endlich wieder mit seiner geliebten Annemarie zusammen zu sein, verblaßten zunächst alle Widrigkeiten des ausgehenden Krieges.
Vierzig Jahre später schreibt Böll einen »Brief an meine Söhne«, in dem er das Kriegsende, sein Kriegsende beschreibt. Das müssen aufreibende Wochen gewesen sein, hektischer als die Jahre zuvor. Zwei Begriffe ziehen sich durch diese Zeilen, anhand derer Böll gleichzeitig in die Gegenwart verweist: »Angst und Hunger, Hunger und Angst vor den Deutschen. Vielleicht, Vincent und René, versteht Ihr jetzt noch besser, was wir Euch oft zu erklären versucht haben: daß jeder meiner Einkäufe auch heute noch ein Angsteinkauf ist, wenn ich immer wieder zu viel Brot, zu viel Milch, Eier und Butter kaufe und die Zigaretten möglichst stangenweise; vielleicht versteht Ihr auch besser, wenn ich mich immer wieder darüber wundere, daß ich nicht den Rest meines Lebens am Ofen sitzend, lesend, ein paar Zigaretten neben mir, verbracht habe; immerhin war ich mit einer wohlbestallten Realschullehrerin verheiratet, deren Gehalt, wenn auch knapp, für uns alle gelangt hätte. Am Ofen sitzen und lesen, nur ein paar Stunden

keine Angst haben vor Kettenhunden [Feldgendarmerie, G.S.], dem Herrn Reichsinnenminister Himmler und dem Herrn Oberbefehlshaber Himmler und seinen Gesetzen und Abgesandten; besser versteht Ihr wohl auch, daß mich der leiseste Anhauch von Faschismus in Panik versetzt; warum ich mein Auto immer vollgetankt habe, mindestens für eine Woche Geld in der Tasche haben möchte und nicht allzuweit weg von der holländischen und belgischen Grenze entfernt wohne. Verrückt, verrückt ich weiß –. Vielleicht versteht Ihr auch, warum nur die Angst einen mutig macht, nur die Situation, in der einer gar keine andere Wahl hat, als unterzugehen oder mutig zu sein (...)«
Am Ende dieses Briefes kommt Böll noch auf die Kriegsverbrecher zu sprechen; jene Sorte Menschen, die Juden, Soldaten, Zivilisten aller Nationalitäten in den Tod schickten, selbst überlebten und – wenn sie nicht sogar in der neuen Bundesrepublik Karriere machten – wenigstens in Ruhe und Frieden hier ihren Lebensabend verbringen konnten. Böll schließt: »Es ist deutsche Geschichte.«

Sie haben mir jetzt eine Chance gegeben. Sie haben mir eine Karte geschrieben, ich soll zum Amt kommen, und ich bin zum Amt gegangen. Auf dem Amt waren sie sehr nett. Sie nahmen meine Karteikarte und sagten: »Hm.« Ich sagte auch: »Hm.« »Welches Bein?« fragte der Beamte.
»Rechts.«
»Ganz?«
»Ganz.«
»Hm«, machte er wieder. Dann durchsuchte er verschiedene Zettel. Ich durfte mich setzen.
Endlich fand der Mann einen Zettel, der ihm der richtige zu sein schien. Er sagte: »Ich denke, hier ist etwas für Sie. Nette Sache. Sie können dabei sitzen. Schuhputzer in einer Bedürfnisanstalt auf dem Platz der Republik. Wie wäre das?«
»Ich kann nicht Schuhe putzen; ich bin immer schon aufgefallen wegen schlechten Schuhputzens.«
»Das können Sie lernen«, sagte er. »Man kann alles lernen. Ein Deutscher kann alles. Sie können, wenn Sie wollen, einen kostenlosen Kursus mitmachen.«
»Hm«, machte ich.
»Also gut?«
»Nein«, sagte ich, »ich will nicht. Ich will eine höhere Rente haben.«
»Sie sind verrückt«, erwiderte er sehr freundlich und milde.
»Ich bin nicht verrückt, kein Mensch kann mir mein Bein ersetzen, ich darf nicht einmal mehr Zigaretten verkaufen, sie machen jetzt schon Schwierigkeiten.«
Der Mann lehnte sich weit in seinem Stuhl zurück und schöpfte eine Menge Atem. »Mein lieber Freund«, legte er los, »Ihr Bein ist ein verflucht teures Bein. Ich sehe, daß Sie neunundzwanzig Jahre sind, von Herzen gesund, überhaupt vollkommen gesund, bis auf das Bein. Sie werden siebzig Jahre alt. Rechnen Sie sich bitte aus, monatlich siebzig Mark, zwölfmal im Jahr, also einundvierzig mal zwölf

mal siebzig. Rechnen Sie das bitte aus, ohne die Zinsen, und denken Sie doch nicht, daß Ihr Bein das einzige Bein ist. Sie sind auch nicht der einzige, der wahrscheinlich lange leben wird. Und dann Rente erhöhen! Entschuldigen Sie, aber Sie sind verrückt.«

»Mein Herr«, sagte ich, lehnte mich nun gleichfalls zurück und schöpfte eine Menge Atem, »ich denke, daß Sie mein Bein stark unterschätzen. Mein Bein ist viel teurer, es ist ein sehr teures Bein. Ich bin nämlich nicht nur von Herzen, sondern leider auch im Kopf vollkommen gesund. Passen Sie mal auf.«

»Meine Zeit ist sehr kurz.«

»Passen Sie auf!« sagte ich. »Mein Bein hat nämlich einer Menge von Leuten das Leben gerettet, die heute eine nette Rente beziehen.

Die Sache war damals so: Ich lag ganz allein irgendwo vorne und sollte aufpassen, wann sie kämen, damit die anderen zur richtigen Zeit stiftengehen konnten. Die Stäbe hinten waren am Packen und wollten nicht zu früh, aber auch nicht zu spät stiftengehen. Erst waren wir zwei, aber den anderen haben sie totgeschossen, der kostet nichts mehr. Er war zwar verheiratet, aber seine Frau ist gesund und kann arbeiten, Sie brauchen keine Angst zu haben. Der war also furchtbar billig. Er war erst vier Wochen Soldat und hat nichts gekostet als eine Postkarte und ein bißchen Kommißbrot. Das war einmal ein braver Soldat, der hat sich wenigstens richtig totschießen lassen. Nun lag ich aber da allein und hatte Angst, und es war kalt, und ich wollte auch stiftengehen, ja, ich wollte gerade stiftengehen, da ...«

»Meine Zeit ist sehr kurz«, sagte der Mann und fing an, nach seinem Bleistift zu suchen.

»Nein, hören Sie zu«, sagte ich, »jetzt wird es erst interessant. Gerade als ich stiften gehen wollte, kam die Sache mit dem Bein. Und weil ich doch liegen bleiben mußte, dachte ich, jetzt kannst du's auch durchgeben, und ich hab's

durchgegeben, und sie hauten alle ab, schön der Reihe nach, erst die Division, dann das Regiment, dann das Bataillon, und so weiter, immer hübsch der Reihe nach. Eine dumme Geschichte, sie vergaßen nämlich, mich mitzunehmen, verstehen Sie? Sie hatten's so eilig. Wirklich eine dumme Geschichte, denn hätte ich das Bein nicht verloren, wären sie alle tot, der General, der Oberst, der Major, immer schön der Reihe nach, und Sie brauchten ihnen keine Rente zu zahlen. Nun rechnen Sie mal aus, was mein Bein kostet. Der General ist zweiundfünfzig, der Oberst achtunddreißig, und der Major fünfzig, alle kerngesund, von Herzen und im Kopf, und sie werden bei ihrer militärischen Lebensweise mindestens achtzig, wie Hindenburg. Bitte rechnen Sie jetzt aus: einhundertsechzig mal zwölfmal dreißig, sagen wir ruhig durchschnittlich dreißig, nicht wahr? Mein Bein ist ein wahnsinnig teures Bein geworden, eines der teuersten Beine, die ich mir denken kann, verstehen Sie?«

»Sie sind doch verrückt«, sagte der Mann.

»Nein«, erwiderte ich, »ich bin nicht verrückt. Leider bin ich von Herzen ebenso gesund wie im Kopf, und es ist schade, daß ich nicht auch zwei Minuten, bevor das mit dem Bein kam, totgeschossen wurde. Wir hätten viel Geld gespart.«

»Nehmen Sie die Stelle an?« fragte der Mann.

»Nein«, sagte ich und ging.

(Mein teures Bein)

Mit dem Tod leben

»Pillen-Paule« nannten die Spötter ihn, eigentlich noch ziemlich liebevoll: den Papst Paul, den sechsten dieses Namens. Als er 1978 starb, sendete das deutsche Fernsehen den ganzen Abend abwechselnd Trauermusik und eiligst zusammengeschusterte Lebensrückblicke. Nun ist der Tod eines Pontifex Maximus schon etwas Besonderes: da werden den Kameras der Welt farbenfrohe und klassisch inszenierte Rituale geboten. Und noch ehe der Leichnam seine Ruhestätte im Keller der Peterskirche gefunden hat, wird spekuliert, wer die Nachfolge antreten könnte. Die Nachfolge eines historischen Fossils: der Bischof von Rom gilt als letzter Weltherrscher. Allerdings hat schon Stalin zynisch angemerkt: »Wieviel Divisionen hat denn der Papst?« Will sagen: Welchen Einfluß kann er wirklich geltend machen?

Als wenige Wochen später Papst Johannes Paul I. einen frühen Tod fand, da brachte das Fernsehen statt eines eigentlich angesetzten Krimis Hemingways »Der alte Mann und das Meer«. Dem gemischtkonfessionellen Volk war nicht schon wieder ein reiner Trauerabend zuzumuten. Programmänderungen widmet man sonst nur großen Politikern oder Schauspielern. Die restliche Prominenz muß sich bei ihrem Ableben mit einer Nachricht in der Tagesschau zufriedengeben.

Wie kommt eine solche Nachricht eigentlich beim Medienkonsumenten an? Bestürzung über den Selbstmord eines Schlagersängers, ein Seufzer zum Aidstod eines Spitzensportlers, Kopfschütteln über das Attentat auf einen Regierungschef? Mag sein. Aber Trauer? Solche Menschen, die wir zu kennen meinen, sind uns doch fremd. Der Tod der eigenen Großmutter oder eines Kindes aus der Nachbarschaft berührt uns tiefer.

Wie war das, als die Botschaft von Heinrich Bölls Exitus am 16. Juli 1985 bekannt wurde? Alle Nachrichten brachten die Topmeldung, am Abend wurden Romanverfilmungen von »Ansichten eines Clowns« und »Haus ohne Hüter« ausgestrahlt. Keine Zeitung konnte es sich erlauben, auf einen Nachruf zu verzichten. Plötzlich hatte Böll kaum noch Feinde, und alle Welt lobte den Moralisten und Humanisten, den Poeten und Schriftsteller. Aber Trauer?
Vielleicht kann man es so ausdrücken: Viele Menschen, weit über die engen literarischen Zirkel hinaus, spürten durch den Tod Heinrich Bölls einen wirklichen Verlust. Da war ein Feuer erloschen, das andere Feuer entfachen konnte. Da war eine Stimme verstummt, die andere zum Sprechen ermutigte. Der Literaturkritiker Wolfram Schütte schrieb damals: »Es ist bitter, nun mit seinem Schweigen leben zu müssen.«
Details über Heinrich Bölls Sterben sind nicht in Erfahrung zu bringen. Die Journalistin Gabriele Hoffmann interviewte René Böll zum Thema, erhielt jedoch eine knappe Antwort: »Wir verweigern jede Auskunft.«
Wir wissen nur so viel: Böll war am 15. Juli schwerkrank aus dem Krankenhaus entlassen worden, um sich zu Hause auf eine weitere Operation vorzubereiten. Tags darauf war ihm die Gnade geschenkt, im eigenen Bett, umgeben und begleitet von der fürsorgenden Familie, sterben zu dürfen. Übrigens versehen mit den Sterbesakramenten. Aber dazu später mehr. Ob es nun eine Embolie war, die dem Schriftsteller in seinem Eifel-Haus in Langenbroich den Tod gab – was bringt es, Genaues zu wissen? Bölls Sohn weist aber eigens darauf hin, alle Gerüchte, sein Vater habe nicht mehr leben wollen, seien Unsinn.
Leben wollen und dennoch den Tod zulassen, das hat nichts mit Resignation zu tun. Das ist die Weisheit eines Menschen, der dem Tod ins Auge blicken mußte: Böll hat schließlich als Soldat den zweiten Vernichtungsweltkrieg miterlebt. Schwerer wiegt wohl noch der Tod eigener Kin-

der. Sein erstes Kind, das Söhnchen Christoph Böll, starb, als es noch keine vier Monate alt war. Das Baby war kurz nach Kriegsende im Juli '45 geboren – Symbol des neu erwachten Lebens –, mußte aber schon im Oktober des gleichen Jahres, also kurz nach der Rückkehr Bölls aus der Kriegsgefangenschaft, sterben, wohl an einer typischen Nachkriegsepidemie: Durchfall und Darmkatarrh. Wer kann das Leid der Eltern nachvollziehen, die den Tod eines Kindes verkraften müssen? Da ist die natürliche Kette der Generationen unterbrochen; das gezeugte Leben, dessen Wachstum während der Schwangerschaft beobachtet wird, dessen Geburt ein Fest ist, das Kind, das, in die Welt hineingeworfen, lächelt und staunt...; ein Kind zu überleben ist ein Schicksalsschlag besonderer Art. Heute nennt man die Hinterbliebenen »verwaiste Eltern«. Heinrich Böll klagt seinem Freund Kunz die Traurigkeit über diesen Tod, ist aber gleichzeitig voller »Gewißheit, daß er eben nicht tot ist, sondern lebt in einem besseren Leben; glücklich, weil er ja ganz ohne Schuld war«.

Aber damit nicht genug, 1982 verlor Heinrich Böll noch einen weiteren Sohn: Raimund, das zweite Kind, 1947 geboren. Dieser war erwachsen, stand 35jährig mitten im Leben. »Mitten wir im Leben sind mit dem Tod umfangen«, heißt es im Hymnus der Exequien... Heinrich Böll konnte und wollte vor dem Tod die Augen nicht verschließen. Er war stets »Thema« für ihn, nicht obwohl, sondern weil er das Leben liebte.

Bei Bölls Beerdigung auf dem Mertener Friedhof mühten sich Fotografen und Kameraleute voyeuristisch um Bilder: Vor der Kirche, auf dem Weg zum Friedhof und am Grab lauerten sie auf. Doch was konnten sie knipsen? Wie zwei Söhne Heinrich Bölls gemeinsam mit Günter Grass, Günter Wallraff, Lev Kopelev und Caspar Marquard (ein Jugendfreund Bölls) einen Sarg trugen. Daß Angehörige, Freunde und andere Menschen Blumen in ein offenes Grab warfen. Na und? Schmerz und Traurigkeit sind nicht foto-

grafisch zu fixieren, ebensowenig das hoffnungsvolle Vertrauen auf ein Leben, das den Tod überwunden hat.
Auf seine Leser ist also nicht das Vermächtnis eines letzten Wortes gekommen, schwer verständlich am Sterbebett gehaucht, weise Mahnung für die Zukunft der Welt. Aber dafür besitzen wir eine Menge vorletzter Worte. Die sollten uns langen.

Ich denke immer an die Menschen, die auf der Strecke bleiben. Kann man nicht versuchen, die Anzahl derjenigen, die auf der Strecke bleiben, zu verringern?

(*Anti-Kommunismus in Ost und West*)

Erotik in Trümmern

Er gehörte zu jener Sorte Priester, die ihren Monsignore-Titel wohl zu plazieren wissen; sie tragen ihn nicht wie eine Standarte vor sich her, aber zu ausgewählten Anlässen wird die violette Soutanenkante (praktisch oder im übertragenen Sinne) zur Schau gestellt. Er trug allerdings einen Anorak, als ich ihn traf. Wir sahen uns in der Straßenbahn, waren beide nicht ganz glücklich über die Begegnung, aber eben gezwungen, bis zur Haltestelle, wo einer von uns aussteigen würde, Konversation zu betreiben. Beiläufig erwähnte ich, ich sei in Sachen Heinrich Böll unterwegs. Damit hatte ich unbeabsichtigt ein Faß angeschlagen, welches unverzüglich zu sprudeln begann. »Von dem habe ich alle Bücher gelesen«, sprach der geistliche Herr mit bitterer Miene. Ob der Fülle der Böllschen Veröffentlichungen zweifelte ich zwar, blieb aber still. »Vor zwanzig Jahren war ich auf einer Lesung von ihm«, fuhr er im gleichen monotonen Ton fort. »Wissen Sie, was ich ihm gesagt habe?« Herrje, woher sollte ich? Triumphierend leuchtete sein Antlitz: »Ich sagte: Herr Böll, da ist mir zuviel Sex in Ihren Büchern!« Beim Wort ›Sex‹ war das S rasierklingenscharf und das x zischte wie ein Partygoldregen.
Heinrich Böll als Softporno-Autor? Abstruser konnte es kaum kommen. Der Prälat nahm dem Schriftsteller also nicht seine verbalen Angriffe auf die Institution Kirche krumm, sondern das dezente Vorkommen von Sexualität in den Romanen? Eigentümlich. Gerade Böll ist in diesem Punkt hochmoralisch; für ihn sind Küsse, Umarmungen, Miteinanderschlafen sehr zärtliche Angelegenheiten, die nur von Liebenden getauscht werden können – ja, sie haben sakramentalen Charakter. In den stürmischen Jahren der sexuellen Revolution wandte sich Böll in einem Essay gegen die Promiskuität, weil sie seinem Ideal der Sexualität

als Ausdruck tiefer, liebender Zuneigung zweier Menschen widersprach. Freilich, Böll trat nicht als Katechismus-Ethiker auf wie weiland Pater Leppich. Bei Böll dürfen auch Unverheiratete das Glück der Erotik genießen. Aber ihn darauf zu reduzieren, spricht von hilfloser Einseitigkeit.

Daß Böll seinen Lesern allerdings unaufgelöste Widersprüche zumutete, scheint augenfällig zu sein. In seinen Büchern findet der Autor schöne Formulierungen für den Koitus, unaufdringliche wie »beieinanderliegen« oder »zusammensein«. Und das ›dürfen‹ in seinen Romanen wie selbstverständlich auch Frauen und Männer, die dadurch ihre Ehe brechen. Welches (Zerr-)Bild von Ehe verbirgt sich dahinter? Prostituierte werden häufig als weitherzige, zartbesaitete Frauen dargestellt, denen es gar nicht so richtig ums Geldverdienen geht, die vielmehr Zuneigung und Liebe bei ihrem Gewerbe suchen. Dabei gestand Heinrich Böll in einer Veröffentlichung, in dieser Hinsicht keine Erfahrung zu haben. 1985 schrieb er im »Brief an meine Söhne«: »Wissen sollt Ihr auch, daß mich auf den Irrfahrten zwischen 1939 und 1945 keine Circe mich auf ihre Fersen locken konnte. Die muffig schmuddelige Sexualität in Bahnhöfen, um diese herum, und in den Eisenbahnzügen jener Zeit, darin verbarg sich keine Verlockung, und Penelope war beides: Circe und sie selbst.«

Vielleicht spiegelt die nicht leicht einsichtige Haltung Bölls zur Erotik sein eigenes Ringen um einen ethischen Standpunkt. In seinem Hörspiel »Hausfriedensbruch« verlassen zwei Verheiratete ihre jeweiligen Partner, um nach Jahren endlich mit der ersten großen Liebe zusammen zu sein. Die Verlassenen reagieren so gleichmütig und verständnisvoll, daß man überrascht ist. Auf Kosten realistischer Problemeinschätzung wurde hier eine friedfertige Phantasie zelebriert, natürlich. Aber zu phantasieren ist doch wohl erlaubt.

Eine andere Erfahrung: Bei meiner Mutter zum Kaffee eingeladen, sprachen wir über Böll. Ich hatte vor, von einem Buch zu erzählen, dessen Titel mir aber im Augenblick partout nicht einfallen wollte. »Das, wo der Mann auszieht, weil die Wohnung so bedrückend eng ist...«, versuchte ich zu erklären. Mutter, als hätte sie auf das Stichwort gewartet, gab ohne Bedenksekunde zurück: »Und sagte kein einziges Wort‹.«

»Du kennst das Buch?« – Ich war überrascht.

»Ja sicher«, erzählte sie, »in den fünfziger Jahren muß es erschienen sein. Er hat mir damals so aus der Seele gesprochen. Das stimmte alles: die engen Verhältnisse, der Schmutz, die anstrengenden Kinder. Die Namen der Hauptdarsteller habe ich längst vergessen. Aber die waren wie wir, wie dein Vater und ich. Damals gingen wir auch noch zur Messe und zur Beichte. Das war eine andere Zeit.«

Ja, das war eine andere Zeit – und Böll muß es in hervorragender Weise verstanden haben, diese andere Zeit einzufangen, darzustellen, so daß sich viele Leserinnen und Leser wiederfinden konnten. Für jene Bücher, die die Wirren und Mühen der Nachkriegszeit thematisieren, hat sich dann der Begriff »Trümmerliteratur« etabliert. Lange Jahre haftete Böll der Verdacht an, er könne sich von diesem Genre nicht lösen. Er konnte, wie er bravourös bewiesen hat – wenn auch die Erlebnisse des Krieges mit seinen individuellen Gesichtern des leidenden Jugendlichen, der tapferen Frau, der teilenden Männer, des brutalen Untertanen, immer wieder in seinen Werken aufflammten. Böll war ja kein Kriegsberichterstatter, sondern suchte nach Augenblicken der Menschlichkeit inmitten der grausamen Umstände.

Für ihn gäbe es, wie Böll einmal sagte, nur zwei Themen als Schriftsteller: Liebe und Religion... Das ist ein geradezu mutiges Bekenntnis. Natürlich, über die Liebe schreiben alle, doch häufig gerät sie zum trivialen Steigbügel für das umsatzfördernde Programm von »sex & crime«. Aber

Bölls Begriff von Liebe umfaßt mehr als Eros, schließt Caritas und Agape mit ein: die verlangende Liebe wird nicht verdammt, und die teilende und sich hingebende Liebe wird als notwendige Lebenskraft beschrieben. Aufmerksamkeit verdient vor allem der zweite Schwerpunkt: Böll ergründet die Religion weder als Theologe noch als Philosoph, sondern als glaubender Mensch. Wie er mit der Religion umgegangen ist, das hat sich im Laufe seines Lebens gewandelt. Aber Thema war sie immer.

Erotik in Trümmern: die zartesten Begegnungen zwischen Menschen spielen wohl in seinen Kriegs- und Nachkriegsgeschichten. Der Widerspruch von kollektivem Irrsinn und liebevollem Vertrauen zweier Menschen, ihrem Zusammenhalten inmitten der katastrophalen Zustände wird hier besonders deutlich. In der Bedrohung bewährt sich die Liebe. Böll war ihr zeitlebens auf der Spur.

Eine Säuberung ganz anderer Art veränderte meinen Schulweg erheblich: die energische Bekämpfung der Zigarettenschmuggler, die an Straßenecken oder aus Hauseingängen »holländische Ware« anflüsterten; die billigste legal erworbene Zigarette kostete immerhin 2,5 Pfennige: schwächliche Gebilde, halb so prall wie eine Juno oder Eckstein, die 3,3 Pfennige kostete; die holländische Ware war blond, fest, um ein Drittel ansehnlicher als eine Eckstein und wurde zu 1 bis 1,5 Pfennigen angeboten. Das war schon verlockend zu einer Zeit, da die Brüningsche Sparsamkeit, diese Pfennigfuchserei, noch nachwirkte, und so gab mir mein Bruder Alois manchmal Geld mit, auf daß ich für ihn illegal holländische Ware erwerbe. Zwischen Rosenstraße und Perlengraben, Schwerpunkt etwa Landsbergstraße, mit ausgedünnter Postenkette bis zum Eulengarten, dem Hauptquartier der Schmuggler, das sehr nah an unserer Schule (Heinrichstraße) lag, mußte ich mich sorgfältig und aufmerksam verhalten, mußte sowohl vertrauenerweckend wie kauflustig wirken; das gelang mir offenbar, und diese frühe Übung bzw. Schulung (...), diese Bildung oder Ausbildung ist mir später auf vielen Schwarzmärkten Europas nützlich gewesen. (Über die Tatsache, daß es nicht zum Kölner Lebensgefühl gehört, ein inniges Verhältnis zur Legalität zu haben, habe ich mich anderswo ausgelassen.) Ich brachte also die holländische Ware wohlbehalten nach Hause und erhielt meine Provision in Gestalt wohlduftender Zigaretten; einmal allerdings wurde ich hereingelegt: Die saubere, holländisch banderolierte Packung enthielt anstelle von fünfundzwanzig Zigaretten etwa fünfundzwanzig Gramm (ausgerechnet) Kartoffelschalen (...). Sie waren sorgfältig abgewogen, gleichgewichtsgerecht verteilt, in Silberpapier verpackt.

(Was soll aus dem Jungen bloß werden? Oder: Irgendwas mit Büchern)

Wieviel Rauch pro Seite?

Die Möglichkeiten, Menschen einzuteilen, sind vielfältig: Mann/Frau, politisch rechts/politisch links, katholisch/evangelisch... All diese Kategorien werden harmlos, wenn es um jene Leidenschaft geht, der Menschen beider Geschlechter, jeder sozialen Schicht und aller weltanschaulichen Optionen anhängen: das Rauchen. Dabei ist interessant, daß die praktizierenden Konsumenten schlicht »Raucher« genannt werden, die anderen sind »Nicht-Raucher«, als wäre das Raucher-Sein der Normalzustand. Entsprechend müßte man von »Alkoholikern und Nicht-Alkoholikern« sprechen...

Die Bundesbahn hat die Menschheit schon immer in Raucher und Nichtraucher eingeteilt, doch jetzt werden immer mehr Bereiche des öffentlichen Lebens getrennt: Nichraucherzonen werden beispielsweise in Cafés oder Gaststätten eingerichtet, und wenn man in Deutschland die U-Bahn-Fahrgäste einstweilen nur höflich bittet, auf den Bahnsteigen nicht zu rauchen, so ist das in Frankreich einfach verboten. Was Heinrich Böll zu den Anti-Rauch-Kampagnen unserer Tage sagen würde?

Heinrich Böll gehörte zur Gruppe der Tabakfreunde. Er war ein Raucher, ein passionierter Raucher, ein Kettenraucher, darf man wohl sagen. Wie soll man es noch steigern? Während des Krieges wurde er geradezu nikotinsüchtig.

Die Tabakbeschaffung gestaltete sich für den jungen Böll schwierig: Vor dem Krieg war Bölls Herkunftsfamilie alles andere als wohlhabend, während des Krieges gab es nur spärliche Soldatenrationen, nach dem Krieg waren keine Zigaretten aufzutreiben. Böll prägte das Wort von den »Tabaknöten«. Doch ein Süchtiger tut viel, um an seine Droge zu kommen...

Ein Trick der Vorkriegszeit war: »Da Geld knapp war,

Zigaretten und Tabak teuer, kauften wir die allerbilligste Sorte Zigarren (zu 5 Pfennig), zerschnitten sie mit einer Rasierklinge und drehten Zigaretten daraus. (Heute bin ich sicher, daß wir einer ökonomischen Täuschung erlagen.)« Im Frühjahr 1941 schreibt Böll in einem Brief: »...in meiner krankhaften Nikotinsucht bin ich lange herumgeirrt. Ich bin in einem entsetzlich billigen Café gewesen und habe gräßlichen Kaffee getrunken und billigsten Streuselkuchen gegessen, obwohl ich nicht den geringsten Appetit hatte; ich habe – immer nur der Zigaretten wegen – in ein paar Kneipen ganz entsetzlichen Fusel getrunken, obwohl ich so schon schwindelig war vor Müdigkeit (und diese ganze aufreibende und kostspielige Expedition hat mir nur drei Eckstein eingebracht, das ist das Schlimmste).« – Böll beschreibt nachvollziehbare Versuche der Ersatzbefriedigung bei akuten Entzugserscheinungen. – In einem Brief an seinen Freund Kunz aus dem Jahre 1948 schließlich ist zu lesen: »...ich rauche vorläufig einmal alle meine Kippenreste in der Pfeife weg, ich strecke«.

Böll und das Rauchen – das scheint ein ganz eigenes Sujet zu sein. Alexandra Jähn, Magistra der Interkulturellen Germanistik, hat gar ihre Abschlußarbeit diesem Thema gewidmet. Für Böll sei das Tabakrauchen »ein multifunktionaler Genußkomplex« gewesen (diesen Ausdruck muß man sich auf der Zunge zergehen lassen). Jähn hat beobachtet, was die Zigarette für Böll bedeutete: »eine kurze, genußvolle Entspannung, Flucht aus dem rastlosen, bedrückenden Alltag. Zudem wirkte sie wie eine anregende bzw. beruhigende Krisenmanagerin. Sie symbolisierte den herrschenden ›Anarchismus, Nihilismus, Anti-Bürgerlichkeit, auch Hysterie‹ und Arroganz gegenüber dem katholischen, klein-bürgerlichen Herkunftsmilieu Bölls.«

Der Schriftsteller rauchte; wen wundert's, daß auch seine Romanfiguren dem blauen Dunst frönen? Die Germanistin Jähn hat fleißig gezählt und kann interessante Zahlen nennen. In Bölls neun bisher publizierten Romanen (in-

klusive dem posthum veröffentlichten Werk »Der Engel schwieg«) rauchen 165 Personen – Pfeife, Zigarre, Zigarillo oder Zigarette. Am meisten wird in »Haus ohne Hüter« gequalmt, dicht gefolgt von »Der Engel schwieg«.
Ich kann mir bildhaft vorstellen, wie Heinrich Böll vor seiner Schreibmaschine saß, mit zwei Fingern tippte: »Die Transportarbeiter hockten auf einem Trittbrett, rauchten und pfiffen auf den Fingern zum Fenster hinauf« – und beim Stichwort ›rauchten‹ einen tiefen Zug nahm.
Was in unseren Tagen auf jeder Zigarettenwerbung zu lesen ist, ja sogar auf den Schachteln selbst, war auch vor fünfzig Jahren keine Neuigkeit: Rauchen gefährdet die Gesundheit. Im August 1948 war Böll krank gewesen und schrieb nach Genesung an seinen Freund Kunz im Ruhrgebiet, er fürchte, das Rauchen aufgeben zu müssen. Später rieten ihm die Ärzte dazu, und zwar dringlich! Hepatitis, Diabetes, Gefäßoperationen, sogar Amputationen der Zehen des linken Fußes infolge seines Tabakkonsums konnten ihn doch nicht zum Verzicht auf den Glimmstengel bewegen.
Möchte man nach Böllscher Manier ausrechnen, wie viele Zigaretten wohl durch seine Körper geschmaucht wurden, muß man 68 Lebensjahre zugrunde legen, abzüglich 14 – denn er ist natürlich erst als junger Jugendlicher dieser Leidenschaft verfallen. Bleiben also 54 Jahre mal 365 Tage: gleich 19 710. Wie viele Zigaretten muß man bei jemandem berechnen, der »wie ein Schlot« raucht? Vielleicht 25 pro Tag? Mal mehr, mal weniger? Dann käme man fast auf eine halbe Million der »kleinen, weißen Räucherstäbchen der Vergänglichkeit«, wie Böll selbst einmal das Wesen der Zigarette lyrisch erfaßte.
Es ist nur eine Phantasie, aber ich stelle mir vor, daß Heinrich Böll am letzten Tag seines Lebens eine letzte Zigarette rauchte – und hätte nicht jeder mitfühlende Mensch ihm Feuer gereicht?

Manchmal, mein lieber Ada, bin ich doch vollkommen deprimiert über meine augenblickliche Erfolglosigkeit. Ich beneide Dich aufrichtig um Deine Gage, wirklich. Ich bin ernsthaft beim Überlegen, ob ich nicht irgendwo eine »Stelle« annehme als Schreiber oder so. Meine Frau rät immer wieder ab, aber ich bin davon überzeugt, daß es eines Tages so kommen wird, auf keinen Fall möchte ich unter den üblichen akademischen Spielregeln noch einmal wieder studieren. Weißt Du, unsere Sparpläne spielen sich etwa so ab: wir ratschlagen aufs raffinierteste, wie wir unseren Haushalt einschränken können, wirklich genial – wie wir das tun und das tun und das nicht tun undsoweiter und wenn wir den ganzen Plan fertig haben, gehen wir, um uns zu erholen von der Strapaze in die Stadt, setzen uns ins Café und finden das Leben herrlich bei sanftem Geplauder und Beobachtung anderer Nichtstuer, von denen wir auch nicht wissen, woher sie Zeit und Geld nehmen, ins Café zu gehen. Ist es nicht wirklich erstaunlich, wieviel Leute morgens in den Cafés herumsitzen? Es können doch nicht alles arbeitslose Schriftsteller sein. Gut. Wenn wir dann nach Hause fahren, zu den teilweise schreienden Kindern zurück, sind wir doch ein bißchen deprimiert, aber bald ist wieder Hoffnung gefaßt. Bisher sind wir ja immer noch haarscharf an allem vorbeigekommen ...

(*Brief an Ernst-Adolf Kunz*)

Das unkluge Wort aussprechen

»Man fragt nicht die Wissenschaft, nicht die Politiker, nicht die Kirchen – die Autoren sollen aussprechen, was die anderen offenbar nicht aussprechen wollen: daß Verlorenes verloren ist, vielleicht nur um einen Finderlohn wiederzuerlangen. Sie sollen das Kind beim Namen nennen. Die Politiker drücken sich, Kirchenmänner sind klug in der Öffentlichkeit – das unkluge, das wahre Wort erwartet man von Autoren, sprechen sie es aber aus, dann heult die Maschinerie der Demagogie wie eine Luftwarnschutzsirene. Gefahr ist im Verzug, sobald ein Wort ausgesprochen wird, das sich über die nichtssagende Selbstverständlichkeit der gängigen öffentlichen Äußerung erhebt.«
Diese Passage findet sich in der ersten »Frankfurter Vorlesung«, die Böll am 13. Mai 1964 in der Frankfurter Johann Wolfgang von Goethe-Universität hielt. Heute so aktuell wie einst, mutet der Passus an wie eine entschiedene Absage an die »political correctness« und wie eine hellsichtige Vorausschau der Folgen dieser Absage. Zu diesem Zeitpunkt war Heinrich Böll bereits ein Schriftsteller, auf den die Adjektive »bekannt, erfolgreich, erfahren« passen mögen. Wie aber begann die Karriere dieses Mannes, der einmal Weltruhm erlangen sollte? Sagen wir vorsichtig: zaghaft.
In der landläufigen Phantasie über die Schriftstellerei blühen die absonderlichsten Vorstellungen. Manch einer stellt sich den Literaturbetrieb als letzten Hort der Freiheit vor, meint, Gedichte und Geschichten zu schreiben, sei das reine Vergnügen, etwa so, wie des Astronauten Spaziergang über den Mond. Ja, es mag diese glückseligen Augenblicke geben. Aber der Alltag am Schreibtisch sieht anders aus. Trostlose Buchstabenwüsten bestimmen das Bild, gedankenleere Hirne. Und – da Mäzene selten sind, reiche

Onkel in Amerika ebenso – die ständige Sorge um den schnöden Mammon: ohne Geld läuft nichts, wenngleich auch die Produktionsmittel des Schriftstellers relativ preiswert sind. Wer ohne Brotberuf schreibt, hat sich auf einen mühseligen Überlebenskampf eingelassen, da die Bezahlung miserabel ist. Wer über einen richtigen Beruf verfügt und ihm mit einer Vollzeitstelle nachgeht, gibt häufig das Schreiben mit der Zeit auf: denn auch Literatur braucht Zeit, einen ausgeschlafenen, frischen Geist, braucht Muße.
Aus seinem Nachlaß ist zu ersehen: schon vor dem Abitur, 1936, hat Böll zu schreiben angefangen. Aus den Kriegszeiten sind dann nur Briefe auf uns gekommen. Nach dem Krieg fängt Böll sofort mit der literarischen Arbeit an: Kurzgeschichten über den Krieg entstehen. Tagsüber arbeitet er als Nachhilfelehrer (vor allem für Latein), als Buchhalter in der Schreinerei seines Bruders. Abends und nachts geht er an den Schreibtisch, schreibt und schreibt, kennt keinen Feierabend und verausgabt sich bis zur Erschöpfung. »Tee, so schwarz wie meine Seele« hält ihn aufrecht, aber auch Kaffee, Zigaretten, Schnaps und Medikamente. Frucht dieses ruinösen Lebenswandels sind stapelweise Kurzgeschichten.
Doch der Absatz ist mäßig. Am 3. Mai 1947 erscheint die erste Veröffentlichung. Der »Rheinische Merkur« bringt unter dem von der Redaktion gewählten Titel »Aus der ›Vorzeit‹« die bis zur Unkenntlichkeit gekürzte Geschichte »Vor der Eskaladierwand« (ein militärischer Ausdruck, der »Hinderniswand für Kletterübungen« bedeutet). Doch der Durchbruch ist das noch nicht.
Heinrich Bölls erste Leserin war immer seine Frau Annemarie. Sie bestärkte ihren Mann, den eingeschlagenen Weg weiterzugehen, machte ihm Mut. Doch Böll wird richtig »deprimiert«, wie er seinem Freund Ernst-Adolf Kunz schreibt.
Die meisten Geschichten werden von den Zeitungsredaktionen retourniert. Heinrich Bölls Themen kommen nicht

an. Den Krieg gerade im wahrsten Sinne überlebt habend, will niemand mehr etwas von Tod, Blut, Dreck, Elend, Hunger, verwundeten Körpern, von Prostitution, Trümmern und Staub hören. Jahre später legt Böll ein richtiggehendes »Bekenntnis zur Trümmerliteratur« ab, aber Ende der vierziger, Anfang der fünfziger Jahre ist das alles nicht »en vogue«. 1949 wird vom Opladener Friedrich Middelhauve Verlag sein erstes Buch angenommen: »Der Zug war pünktlich«. Doch gleichzeitig mit der Zusage dämpft der Lektor die Hoffnungen des jungen Autors: »Wir haben nämlich augenblicklich eine äußerst entschiedene Abneigung des Publikums gegen alle Bücher, die etwas mit Krieg zu tun haben. Ja, es ist völlig klar, daß heute eine geradezu schauerliche Welle von ›Harmlosigkeit‹ und Gartenlaube-Format durch die Leser und auch durch die Literatur geht. Es ist ein krampfhaftes Augen-Zumachen. Ich bin mir auch bewußt, daß wir mit Ihren Büchern durchaus nicht dem ›Publikums-Geschmack‹ entsprechen.« Wahr gesprochen. Ein halbes Jahr nach Erscheinen erhält Böll die erste Honorarabrechung: für 145 verkaufte Exemplare werden ihm ganze 58 Mark gutgeschrieben... Neben der künstlerischen Enttäuschung treten handfeste materielle Probleme auf. Böll hat Familie und verdient kein Geld. Zwei Tage vor der Währungsreform 1948 hatten ihm die Zeitungen schnell noch die Kurzgeschichten honoriert – mit Reichsmark, die am Montag darauf ungültig wurden.

Dabei gab es durchaus Möglichkeiten, mit dem Schreiben Geld zu verdienen. Die Feuilletons der Zeitungen verlangten ja wöchentlich nach neuen Geschichten. Nur heiter sollten sie sein, optimistisch, eben »humorvoll, aber nicht zu lang«, wie man Böll riet. Dem jedoch war der verordnete Aufbau-Optimismus zuwider. Schützten denn die Redakteure, die meinten, ihrer Leserschaft Bölls realistische Kriegsgeschichten nicht zumuten zu können, wirklich deren schwache Seelen? An die nahe Vergangenheit sollte niemand erinnert werden – aber sollte denn Heinrich

Böll der einzige gewesen sein, dem das Erzählen des Erlebten Befreiung und Lösung schenkte? Natürlich kann die Überfütterung mit einem Thema bewirken, daß statt Interesse nur Abwendung provoziert wird. Aber hier war eine diffuse Angst vor dem Publikum im Spiel. »Drei Jahre nach dem Krieg muß man sich schon wieder vor dem Publikum fürchten«, schreibt Böll im Juli 1948 seinem Freund Kunz.

Selbstverständlich hat auch Böll nicht nur Schwerwiegendes fabriziert, auch er war sich nicht zu schade, Unterhaltsames zu schreiben. Aber er kritisierte schon früh, 1954, einen Kulturbetrieb, der »Schinken und Pralinen« forderte. »Schinken« stand als Chiffre für aufgeblähte, großvolumige Romane, deren Handlung auch als Kurzgeschichte abgehandelt werden konnte. Und mit den »Pralinen« waren kurze, schmerzlose, eben wohlschmeckende Feuilletonbeiträge (eineinhalb Maschinenseiten) gemeint. Böll befand, Pralinen dürfe man zur Not schreiben, um Brot zu kaufen, aber Pralinen zu produzieren, um Pralinen zu kaufen – das sei doch heikel.

Der Weg in den öffentlichen Rundfunk war mühsam, gelang aber schließlich doch. Bevor es geklappt hatte und seine Geschichten gesendet wurden, gehörte es zu den unangenehmen Tätigkeiten, die eingereichten Typoskripte – die immer sehr ordentlich waren – zurückzuholen, wenn sie keine Gunst gefunden hatten. Damals wurden die Texte nämlich als Original mit bis zu vier Durchschlägen in die Maschine gehauen. Ohne Vervielfältigungsmöglichkeiten heutiger Art wie Endlospapierdrucker des Computers oder Fotokopierer waren die Manuskripte sehr wertvoll.

1950 hatte Böll seinem Freund Kunz noch geklagt: »Diese nackte literarische Existenz macht mich ganz krank, ich denke wirklich an einen Posten als Sekretär eines vielbeschäftigten Mannes oder irgendeine kleine Masche im Kultusministerium oder ähnliches.« Es mußte Brot verdient werden. Brot! Für Böll eine Metapher des Lebens. Nicht

der Ruhm lockte ihn, wiewohl er ihn später würdig trägt. Am Anfang stand der Broterwerb eines Familienvaters!
Ab Sommer 1951 bezeichnet er sich dann schon als »freien Schriftsteller«; in den folgenden Jahren erscheinen Erzählungen und Romane, und 1955 wird er Mitglied des Deutschen PEN-Zentrums. Von 1970 bis 1972 sollte er dessen Vorsitzender sein, von 1971 bis 1974 gar Vorsitzender des Internationalen PEN-Clubs. 1972 wurde ihm die höchste literarische Ehre verliehen: der Nobelpreis für Literatur. Er war nach dem Krieg der erste Deutsche, der mit dieser Auszeichnung bedacht wurde.
Literatur, die schreibende Auseinandersetzung mit dem Leben und der Welt, hat Heinrich Böll immer wieder zum Thema gemacht. Dabei beschied er den Streit um eine »engagierte Literatur« als müßig: Bücher veränderten nun einmal die Welt. Ob es allerdings wirklich keine anspruchslosen Bücher gibt, wie er am Ende eines Zeitungsbeitrags schreibt, bleibt zu diskutieren. Nach Bölls Sicht der Dinge eben nicht.
Und wenn denn Bücher schon einen solchen Anspruch haben, dann sollten ihre Macher sie nicht billigst verhökern. Auf dem Gründungskongreß des Verbandes deutscher Schriftsteller am 8.6.1969 im Kölner Gürzenich hielt Böll eine vielbeachtete Rede vom »Ende der Bescheidenheit«. Diese Rede ist in der Tat zeitlos und hat bis heute kaum etwas von ihrer Aktualität eingebüßt. Auf dem silbernen Jubiläum des Verbandes, 1994 in Aachen eher nüchtern zelebriert, zitierte jeder aus ihr: der Schirmherr, Nordrhein-Westfalens Ministerpräsident Johannes Rau (der übrigens gelernter Buchhändler ist und Böll »immer glaubwürdig« fand), die Bürgermeisterin und der Gewerkschaftsfunktionär.
Böll wetterte seinerzeit: »Es mag manchen von uns trösten, daß er möglicherweise Ewigkeitswerte schafft, dieser Trost sei ihm unbenommen, wenn er uns nicht hindert, uns hier und heute, gestützt auf diesen Gesamtverband, Ge-

danken darüber zu machen und einmal öffentlich darzulegen, wie wir unser Geld eigentlich verdienen. Vornehmerweise nennt man das Geld, das wir bekommen, Honorar. Das klingt, als wären wir sehr feine Leute. Ich fürchte, wir sind sehr feine Idioten. Wir lassen uns dirigieren, kujonieren, Prozente und Honorare diktieren, ohne je ernsthaft darüber nachzudenken, wer sie festgelegt hat und wie sie sich errechnen. Der geistige und politische Kredit, den wir der Bundesrepublik einbringen, ist ohnehin honorarfrei: wir verlangen nichts dafür.«
Zitierenswürdig ist ebenfalls bis auf den heutigen Tag ein Bandwurmsatz aus der Zielgeraden der Rede, in Wortwahl und Dramatik so gar nicht der gemeine Böllstil. Und doch überliefert diese Mahnung an die Kollegen der schreibenden Zunft sehr deutlich, daß die Autoren sich ihre Unbill selbst einbrocken, wenn sie auf moralische Ehrungen schielen: »Verschaffen wir uns erst einmal Überblick über die volkswirtschaftliche Relevanz unserer merkwürdigen Sozialprodukte, bevor wir uns vom kulturellen Weihrauch einnebeln lassen, dann erst kommen wir aus dem Resolutionsprovinzialismus heraus, der uns wieder einmal erhobene Zeigefinger golden schimmern macht, uns im Feuilleton als Gewissensfunktionäre und Korrektoren für das windschiefe Vokabularium der Politiker willkommen heißt, und hängen wir uns den hingestreuten Lorbeer nicht an die Wand, streuen wir ihn dorthin, wohin er gehört: in die Suppe.«

Die erste Fälschung hatte ich im Frühherbst 44 vorgenommen, als ich das Mädchen, das mir die Entlassungspapiere in einem Lazarett in Ungarn ausstellte, überredete, das »Reiseziel«, das hinter dem »nach« eingetragen werden sollte, offenzulassen. So rettete mir mein Füllfederhalter, mit dem ich in der Toilette des Zuges hinter das »nach« die westlichste aller noch nicht eroberten Städte: »Metz« einschrieb, mit aller Wahrscheinlichkeit das Leben, denn normalerweise hätte ich zu irgendeiner »Frontleitstelle« nach Drebreczen fahren müssen – und was für ein Chaos im Herbst 44 auf dem balkanischen Kriegsschauplatz herrschte, könnt ihr in jeder Dokumentation nachlesen. Von Ungarn über Ahrweiler nach Metz, von Metz über Ahrweiler nach Dresden, von Dresden über Ahrweiler und Bad Neuenahr nach Marienfeld; einen *Augenblick aus dieser Vergangenheit will ich Euch doch zu schildern versuchen: Als ich – es muß im Oktober oder September 44 gewesen sein – aus dem Zug, der aus München oder Wien kam, in Remagen umstieg, die Treppe zur Unterführung hinunterging, um zum Zug nach Ahrweiler zu kommen, ging auf der gegenüberliegenden Treppe, die in die gleiche Unterführung führte, Annemarie, Eure Mutter, die Treppe hinunter – und wir trafen uns unten im Tunnel! Könnt Ihr verstehen, daß uns nach 40 Jahren noch das Herz bebt, ja, das Herz bebt, wenn wir den Bahnhof Remagen durchfahren?*

(*Brief an meine Söhne oder vier Fahrräder*)

Zum Kaffee bei Frau Böll

Merten ist nun wirklich nicht gerade der Nabel der Welt. Diese Siedlung hat den Reiz des Gewöhnlichen: die Kirche im Dorf, der Bäcker um die Ecke, deutsche Kleinstadt eben, wobei »-stadt« natürlich nicht korrekt ist, da der Ort zur Gemeinde Bornheim gehört. Viel gebaut wird dort, das Einzugsgebiet Kölns erstreckt sich bis dorthin, und eine Straßenbahn bindet den Ort an Köln und Bonn an.
Heinrich Böll lebte nur drei Jahre in Merten, die letzten seines Lebens. Obwohl er geistig ein Kosmopolit war, blieb er doch zeitlebens – was seinen Wohnort angeht – provinziell. Sein Herd flackerte stets im Rheinland, es gab nur Variationen im Umkreis von wenigen Kilometern: Köln, Teutoburgerstraße 26 (Geburtsort); Köln, Kreuznacherstraße 49; Köln, Ubierring 27; Köln, Maternusstraße 32; Köln, Karolingerring 17; Köln, Kleingedankstraße 10; Köln, Neuenhöfer Allee 42; Köln, Schillerstraße 99; Köln, Belvederestraße 35; Köln, Hülchratherstraße 7; schließlich Bornheim-Merten.
Auf dem dortigen Friedhof ist Heinrich Böll begraben worden. Bölls Sohn René, Maler und Bildhauer, hat den Grabstein entworfen. Ganz schlicht steht darauf »Heinrich Böll« – der Schriftzug seiner Hand, dazu die Jahreszahlen von Geburt und Tod. Ein geschwungenes Kreuz ist mit kosmischen Zeichen geschmückt: eine Sonne, der Mond, oben ein Stern mit Schweif, wie wir ihn aus der Schatulle der Krippenutensilien kennen, alles farbig. Bunte Symbole des Ewigen, Unsterblichen.
Der vertrauteste Mensch seines ganzen Lebens war wohl seine Frau Annemarie. Sie kam auch aus dem katholischen Milieu. Kennengelernt hatten sich die beiden bei einem literarischen Dämmerschoppen. Geheiratet wurde 1942, natürlich in Köln. Wie die Ehe von Annemarie und Hein-

rich Böll gelebt wurde, bleibt eine private Angelegenheit, die niemanden etwas angeht; dieser Frage nachzugehen, bliebe Klatschblättern beschieden. Jedermann zugänglich sind aber Äußerungen Bölls an seinen Freund Kunz aus der frühen Nachkriegszeit. Darin lobt der Schriftsteller das ausgeglichene und optimistische Wesen seiner Angetrauten: »Meine Frau ist von einem bewundernswerten Gleichmut« heißt es da, oder: »Meine Frau ist von einem Optimismus, der mir müdem Europäer geradezu barbarisch erscheint.« Vor allem ist es Annemarie Böll, die ihren Mann trotz des sich verzögernden Erfolges ermutigt, an den Durchbruch zu glauben: »Ich wünschte, ich könnte ihr absolutes Vertrauen in meine sogenannte ›Zukunft‹ teilen.« Mehr noch: »Meine Frau ist wirklich rührend und bewunderswert, wie sie jeden, jeden Tag, oft jede Stunde jedes Tages sich bemüht, mich einigermaßen vor der Verzweiflung zu bewahren.« Und noch einmal: »Ich bewundere wirklich meine Frau, der ich täglich stundenlang diesen ganzen Fachkram vorkaue und vorjammere und die nie die Geduld verliert, ich würde bestimmt laufen gehen.«

Ein paar Briefe aus der Kriegs- und Nachkriegszeit an seine Verlobte und spätere Ehefrau sind veröffentlicht. Und in seinen Lebenserinnerungen spricht Böll manchmal vom Ehe-, dann Familienleben. Da ist eine Anekdote besonders hübsch. Wenn Böll während des Krieges nach Hause kam, dann wollte Annemarie ihrem Mann natürlich eine Freude machen. So schlich sie manchmal frühmorgens aus der Wohnung und klaute in öffentlichen Anlagen Blumen. Diese stellte sie dann in Vasen oder Einmachgläsern im Zimmer auf, so daß Heinrich inmitten der frischen Blumen erwachte. Jahrzehnte später sagte Böll, die Blumen des Krieges seien von geradezu »bestürzender Üppigkeit« gewesen...

Annemarie Böll, geborene Cech, war als junge Frau Mittelschullehrerin und verdiente in der Kriegs- und Nachkiegszeit das Geld zum Überleben. Später hat sie dann al-

lein oder mit Heinrich Böll gemeinsam viele Bücher aus dem Englischen übersetzt, beispielsweise »Der Fänger im Roggen« von J.D. Salinger.
Über die Geburt von vier Söhnen durften sich die beiden als Eltern freuen: Christoph, Raimund, René und Vincent; die ersten Kinder mußten sie auch wieder zu Grabe tragen. Wie das Paar diese Verluste verarbeitete, wie es trauerte, welche Auswirkungen die Todesfälle auf die Ehe hatten, das bleibt auch dem Chronisten verborgen. Offenkundig aber ist, diese Beziehung »hielt« 43 Jahre, für heutige Verhältnisse weit überdurchschnittlich lang. Die Ehe trug die beiden bis ins Alter hinein. Und daß Heinrich Böll trotz seines schweren Gebrechens als lebenssatter Mann sterben konnte – von Erfolgen verwöhnt und von Krisen geschüttelt – das ist wohl auch seiner Frau zu verdanken.
Von meinem Kaffeetrinken im Hause Böll habe ich noch eine interessante Erinnerung: Beim Verabschieden sah ich einen Computer auf einem Schreibtisch stehen. Ich fragte scherzhaft, ob Heinrich Böll – lebte er heute – für sein Schreiben einen PC verwenden würde. Die Antwort lautete ohne Zögern: »Mit Sicherheit nicht!«

Heinrich v. Kreyl *Ich konnte kaum bis zum Ende bleiben und bin doch erst gekommen, als die Predigt schon fast vorüber war. Ich saß nicht einmal vorne, an dem Platz, der für mich reserviert war, ich bin hinten stehengeblieben, das war mir ohnehin immer lieber, und plötzlich – oder war's gar nicht so plötzlich, spürte ich: Die Kirche ist leer – und auch ich war leer. Die Sicherheitskräfte vertrieben draußen ein paar junge Leute, die reinwollten, vielleicht hätten sie die Kirche gefüllt, aber sie wurden vertrieben, und alle nicht Geladenen wurden abgewiesen, auch Pfarrangehörige. Mich ließen sie rein. Ich hatte ja meine Karte. Ich frage Sie, liebe Erika Wubler, was ist das für eine Messe?*
Erika Wubler *Eine Sicherheitsmesse, mein lieber Graf, eine Sicherheitsmesse. Wahrscheinlich waren sogar unter den Ministranten Sicherheitsbeamte ... War auch Nummer 3 da?*
Heinrich v. Kreyl *Nummer 3 — wer ist das?*
Erika Wubler *Kommen Sie näher zu mir. Das kann ich nur ganz leise flüstern, sehr leise.* Heinrich v. K. tritt näher, hält sein Ohr an ihren Mund, sie flüstern.
Heinrich v. Kreyl *Nein, gesehen habe ich ihn nicht. Ich kann nicht glauben, daß er sich hier herumtreibt.*
Erika Wubler *Sie können es glauben.*
Heinrich v. Kreyl *Ist er denn ... ich meine katholisch?*
Erika Wubler *Warum sollte er es nicht sein? Und dekorativ ist er ja, sieht gut aus – und warum sollte er, selbst wenn er nicht katholisch ist, nicht zum feierlichen Gottesdienst gehen? Es ist doch sozusagen ein Staatsakt – da könnte sogar der sowjetische Botschafter teilnehmen.* Leiser. *Ich weiß, warum Ihnen so bang ist: Er war nicht da, der, den Sie suchten. Sie haben ihn vertrieben, und auch in der Wandlung ist er nicht gekommen, nicht, weil sie alle so sündig sind, korrupt bis ins Mark – das ist nicht neu. Nein, weil sie sich gar nicht sündig fühlen: Sie lassen sich bestechen, sie jubeln die Raketen herbei, sie beten den Tod an – alles nicht neu. Das Neue ist: Sie fühlen keine Schuld und schon*

gar keine Sünde. Und die, die ihm die Füße salben würden, begehen Selbstmord und strecken ihnen im Tod die Zunge heraus. Sie haben kein Herz, ihre ständige Rede von der Emotionslosigkeit, von Sachzwang und Sachlichkeit. Sie haben das kostbare Öl, mit dem man ihm die Füße salben könnte, auf den Markt geworfen, an die Börse gebracht – trockene Bischöfe, vertrocknete Kardinäle – sie haben ihn vertrieben und feiern Sicherheitsmessen, von denen die ferngehalten werden, die eine Messe zu einer machen würden. Da ist für uns kein Platz, lieber Graf, weder drinnen noch draußen.

(*Frauen vor Flußlandschaft*)

Der schmutzige Katholik

Heinrich Böll bezeichnete sich selbst ungern als einen Christen: einer nur sei eigentlich ein solcher gewesen, meinte er einmal: Christus selbst. »Christ« als Prädikat war ihm zu anspruchsvoll. Der Gebrauch dieser Selbstbezeichnung bei Protestanten dünkte ihn unheimlich. Er empfand sich als einen Katholiken, als einen reinrassigen sogar, wie er einmal scherzhaft sagte: »Kein Protestant in der Ahnenreihe!« – Nanu! Der Scherz ist oft das Loch, aus dem die Wahrheit pfeift – doch welche ist das hier? Übernimmt Böll die Ressentiments seiner katholischen Herkunft? Das Katholischsein an sich kann's doch wohl nicht gewesen sein …

Katholischsein in Deutschland bis in die Zeit nach dem zweiten Weltkrieg, das hieß nach Bölls Interpretation, stigmatisiert zu sein: mit dem Merkmal des Andersseins behaftet. Der Katholizismus habe im Bismarckschen Reich etwas Undeutsches, fast Schmutziges an sich gehabt. Randnotiz: Bölls Eltern waren noch vom Kulturkampf geprägt. Der Vater mußte heimlich zur Erstkommunion gehen, die Mutter heimlich die Firmung erhalten. Eine psychologische Binsenweisheit, daß so etwas die Loyalität fördert und den Stolz hebt, zur angestammten Gruppe zu gehören.

Sich einen Katholiken zu nennen, damit hatte Böll keine Probleme. Man mag verwundert sein, daß Böll sich auch nach seinem Kirchenaustritt katholisch fühlte, ja, es stets betonte: er sei katholisch. Und das nach vielen Jahren – vorsichtig ausgedrückt – unerquicklicher Auseinandersetzung mit der Kirche.

Als Kind durchlief Heinrich Böll die traditionellen Passageriten: Taufe, Erstkommunion, Firmung. An solchen Selbstverständlichkeiten wurde in seiner Herkunftsfamilie nicht gerüttelt. Trotzdem durchwehte die religiöse Erziehung ein liberaler Wind. Die Eltern nämlich waren in ihrer Kindheit beide sehr streng, geradezu bigott erzogen worden. Zweimaliger Kirchgang gehörte zum Tagesablauf, Fasten und Pilgern waren Standard. Mutter und Vater vermittelten ihren Kindern, so erinnerte sich Böll, das sei nicht der wahre Weg gewesen. Sie machten sich aber nicht über diese Frömmigkeitsübungen lustig, sie praktizierten sie einfach in ihrer Familie nicht mehr in dieser Intensität. Böll bezeichnete die religiöse Erlebniswelt seiner Eltern als Jansenismus, also als eine Art katholischen Puritanismus. In einem solchen sei er nicht erzogen worden, urteilte Böll, aber er steckte ihm in den Knochen...

Böll war das typische Kind des katholischen Milieus; da war man katholisch, ohne fanatisch zu sein. Als Kind und Jugendlicher war er Mitglied der Marianischen Kongregation, die neben Andachten auch Ausflüge und Singabende im Programm hatte. Im Nazideutschland war das nicht gerade eine Widerstandsbewegung, aber es gehörte doch Mut dazu, die katholische Jugendarbeit aufrechtzuerhalten. Der Jugendliche Heinrich übernahm in seinem Wohnviertel die Verteilung der »Jungen Front«, einer katholischen Wochenzeitschrift. Das Tragen des XP-Zeichens am Rock, also des griechischen Christusmonogramms, hatte durchaus demonstrativen Bekenntnischarakter. Eine Zeitlang fungierte er sogar als »Sekretär« des Kaplans von St. Maternus; er legte für ihn Karteien an und erledigte Teile der Korrespondenz.

Widersprüchlich ist sein Verhältnis zur Kirche bereits in der Jugend. Denn eigentlich hatte Böll nach der Machtergreifung der Nationalsozialisten erwogen, aus der Kirche auszutreten. Der Vatikan nämlich war eiligst dabei gewesen, dem neuen Machthaber zu gratulieren. Ein Kirchenaustritt in dieser Zeit hätte jedoch als Hommage an die Nazis mißverstanden werden können, propagierten diese doch den Bruch mit der Kirche. Also blieb er zähneknirschend. Zwischen 14 und 18 Jahren besuchte er allerdings selten eine Messe, phasenweise gar nicht. Da ihn seine Eltern aber nie drängten und kontrollierten, bewirkte diese Freiheit wohl wieder ein Einpendeln der »religiösen Praxis«. Aus seiner Soldatenzeit in Frankreich ist ein Brief erhalten, in dem der Vierundzwanzigjährige am 30. August 1942 schrieb: »Heute war ein hoher Festtag für mich, ich bin überaus glücklich, obwohl ich nun schon Tage fast ohne Schlaf und unsagbar müde bin; glücklich bin ich, weil ich eine Messe gehört und kommuniziert habe; ach, niemals im Leben hätte ich gedacht, daß mir eine Messe so kostbar werden könnte«.

Das Verhältnis Heinrich Bölls zu Religion, Christentum und Kirche ist sehr differenziert und nicht leicht zu beurteilen. Das heißt natürlich: zu beurteilen ist es überhaupt nicht, nach welchen Kriterien auch sollte ein solches Urteil gefällt werden? Und wer hätte etwas davon? Die Wechselbeziehungen zum Katholizismus bedürfen einer näheren Betrachtung. Nichts müsse langweilig sein, sagte Böll einmal, auch Religion nicht...

Sehr geehrter Herr Kurscheid,

Ihr Brief wäre privat schon peinlich genug, veröffentlicht bekommt er eine fast exhibitionistische Dimension. Zunächst einmal verbitte ich mir strikt, mit aller gebotenen Schärfe, daß Sie mir irgendwelche Reuebeurkundungen in ihrem äußerst unangenehmen Deutsch wörtlich vorschreiben und mir ein solches Idiotenwort wie »Knarre«, das ich nur aus Kitsch-Kino-Kriegsfilmen kenne, auch nur vorschlagsweise nahelegen.
Ein Infanteriegewehr ist ein Mordinstrument, ich bekenne mich schuldig, ein solches Instrument fast sechs Jahre lang mehr oder oder weniger »getragen« zu haben. Was ich mit diesem Gewehr getan oder nicht getan habe, geht Sie einen Dreck an, denn weder Sie noch Ihre Kirche, noch irgendeiner Ihrer Amtsbrüder hat mir jemals nahegelegt, die Annahme dieses Mordinstruments zu verweigern oder es niederzulegen.
Ja, ich bekenne mich schuldig, am Verbrechen des Zweiten Weltkriegs in jener Eigenschaft teilgenommen zu haben, die der hochwürdigste Major der Reserve Defregger in seinem berüchtigten Interview mit geradezu wonniger Vollmundigkeit ausgesprochen hat: als deutscher Soldat.
Sie werfen mir vor, sehr geehrter Herr Kurscheid, daß ich nicht desertiert bin. Abgesehen davon, daß Sie gar nicht wissen können, ob ich oder ob ich nicht ... werfen Sie mir also vor, daß ich nicht Selbstmord begangen habe. Auch dessen, nicht *Selbstmord begangen zu haben, bekenne ich mich öffentlich schuldig.*
Worin außerdem meine Schuld bestehen könnte, das geht weder Sie noch Ihre Kirche, noch irgendeinen Ihrer Amtsbrüder einen Scheißdreck an. Darauf angesprochen worden, und zwar öffentlich wie privat, bin ich in Moskau, während einer Diskussion im dortigen Schriftstellerverband, und dort auch habe ich bekommen, worum ich nicht gebeten hatte, worum ich weder Sie, Ihre Kirche noch ir-

gendeinen Ihrer Amtsbrüder je bitten würde: Eine Art Absolution.
Ein sowjetischer Dichter rief mir aus dem überfüllten Saal zu: »Wie froh bin ich, daß ich Sie nicht erschossen habe«, und in dieser spontanen Menschlichkeit eines Kommunisten entdecke ich weit, weit mehr »Christlichkeit«, als Sie, Ihre Kirche und Ihre Amtsbrüder, was Schießen und Töten im Krieg betrifft, je aufgebracht haben. (...)

(*Antwort an Pfarrer Kurscheid.*
Anmerkung: H. Kurscheid hatte Heinrich Böll am 6. 8. 1969 in einem offenen Brief in der Kölnischen Rundschau aufgefordert, ein Schuldbekenntnis abzulegen, weil er im Krieg nicht desertiert sei. Kurscheid formulierte dieses Bekenntnis sogar. Bölls Antwort erschien am gleichen Ort eine Woche später.)

Körperbetrachtungen

Man sollte es kaum für möglich halten: Heinrich Böll, lange vor Hans Küng oder Eugen Drewermann ein großer Herausforderer der Kirche, war noch Ende der fünfziger Jahre äußerst vorsichtig im Umgang mit der Institution. So suchte er einen Geistlichen höheren Rangs auf, um mit ihm über den Schlußteil seines Romans »Und sagte kein einziges Wort« zu sprechen. Das war kein Versuch der Anbiederung, aber das Bemühen um Friedfertigkeit. Er wollte keinen Krach.

Diese Vorsicht wollte Böll nicht mehr walten lassen, als er 1963 seine »Ansichten eines Clowns« veröffentlichte. Dieser Clown, Schnier, ein ehemaliger Protestant, liebt Marie, eine gläubige Katholikin, die – zunächst von ihm fasziniert, betört, hin- und hergerissen – doch einen anderen heiratet: »Züpfner, diesen Katholiken«. Um diese Geschichte herum drapiert Böll eine den Nerv treffende Kritik an der bürgerlich-katholischen Gesellschaft, in der für eine so tiefe Empfindung wie die Liebe gar kein Platz zu sein scheint.

Daß er die Kirche mit seiner aufrichtigen Art, den Finger auf die Wunde zu legen, gereizt hatte, dürfte ihm klar gewesen sein. Die Reaktionen auf den Roman waren dann aber – abgesehen von der linken und liberalen Presse – weitgehend vernichtend: »Er schreibt der Mehrheit nach dem Mund«, titelte »Die Welt« eine Rezension. »Bölls Spekulation auf die Banalität«, hieß es in der »Rheinischen Post«. Die »Allgemeine Sonntagszeitung« wetterte gar, das sei »Literarischer Antikatholizismus«, und der Rezensent findet die Idee chic, man brauche nur das Wort »Katholik« durch das Wort »Jude« zu ersetzen, schon habe man ein antisemitisches Pamphlet vom Feinsten, das einem Julius Streicher Ehre gemacht hätte. Das »Echo der Zeit« formulierte in einem Zwischentitel, was sich viele fragten: »Spricht der Clown oder der Dichter?« Das Buch sage weniger über den Katholizismus als über den Autor aus, meinten denn auch viele: »Ein verbitterter Heinrich Böll« (»Stuttgarter Zeitung«). »Ansichten über Heinrich Böll« ist die anlehnende Überschrift der »Süddeutschen Zeitung«. Diese hatte den Roman über sechs Wochen hinweg in täglichen Häppchen vorabgedruckt und nahm in einem Kommentar zum letzten Teil den Schriftsteller in Schutz: »Schließlich möchten wir die Integrität Bölls gegen unvernünftige und mißgünstige Angriffe verteidigen«, heißt es da, vor allem gegen wütende Leserzuschriften der Katholischen Aktion, die Böll »Angriffe gegen das Katholische und Kirchliche« bescheinigte. Übrigens war es der damals schon angesehene Literaturkritiker Marcel Reich-Ranicki, der in der »Zeit« Bölls Neuerscheinung nicht nur inhaltlich, sondern auch aus formalen, dichterischen Gesichtspunkten besprach: »Die Geschichte einer Liebe ohne Ehe – Heinrich Böll spann seinen jetzt erscheinenden Roman aus Fäden unterschiedlicher Qualität.«

Auch seine kirchlichen Freunde ließen Böll im Stich. Zwar hatte man in Rom die Fenster der Kirche geöffnet, um frischen Wind hineinziehen zu lassen, wie Johannes XXIII. gewünscht hatte. Doch das Konzil war gerade erst ein Jahr jung und die ersten Hoffnungsstrahlen der Veränderung noch nicht bis nach Deutschland gelangt. (Hier sei die Vermutung geäußert, daß Böll später die weitreichenden theologischen Aufbrüche des Konzils nicht in seiner Tragweite wahrgenommen hat. Dennoch verfiel er nicht einem Kampf mit vergangenen Phantomen, sondern orientierte sich an vorgefundenen Realitäten. Und die ändern sich weniger schnell als Meßbücher und theologische Konzepte.)

Böll war entsetzt über die heftige Wucht des Gegenwindes, die uns Heutigen ob der mäßigen Kritik des Schriftstellers übertrieben erscheint; in unseren Tagen muß sich die Kirche ja ganz anderen Anwürfen stellen. Er »flüchtete« in sein Haus nach Irland, um dort zur Ruhe zu kommen. Und er wird tatsächlich still: kaum dringt in diesem Jahr eine weitere Veröffentlichung aus seiner Feder ans Licht der Öffentlichkeit.

Aber Böll verstummte nicht in seiner Kirchenkritik, ganz im Gegenteil: er wurde präziser, mutiger. 22 Jahre nach Erscheinen der »Ansichten« schrieb Böll 1985 anläßlich einer Neuausgabe des Romans ein Nachwort, in dem er den Kritikern vorwarf, den »dümmsten aller Fehler zu begehen, Autor und ›Held‹ *total* zu identifizieren«. Man reagierte damals »mit Humorlosigkeit, unter völliger Verkennung des literarischen Mittels der Satire. Unsensibel, peinlich, mir nicht einmal ärgerlich, weil dann doch zu *dumm*, war die Reaktion in den Verbandsorganen.«

Fast kasuistisch, auf jeden Fall theologisch gewieft, war Bölls Unterscheidung von der Kirche als Corpus Christi und als Corporation, also Institution. Der »Körper« stand für ihn zu keinem Zeitpunkt zur Debatte. Dazu gehörte er, dazu wollte er gehören. Aber die »Körperschaft« des deutschen Katholizismus verurteilte er als rechtslastige, politikhörige Anstalt. Diese Organisation Katholizismus sei durch den fehlenden Widerstand gegen Wiederaufrüstung und Weiterrüstung indirekt kriegstreibend gewesen. Schwer wog für ihn die Geldgier der Kirche – da besticht Bölls Argumentation. Die Kirche exkommuniziere beispielsweise wiederverheiratete Geschiedene, weise aber keineswegs deren Kirchensteuer als ehrenrührig zurück. Böll verweigerte ab 1969 seine Kirchensteuer, bis das Bundesverfassungsgericht geklärt hätte, ob diese Form der Abgabe überhaupt mit dem Grundgesetz vereinbar sei. Unklar ist das bis auf den heutigen Tag. Es kam zum Konflikt mit dem Generalvikar.

Es wäre zu einfach, rechnete man Böll zu den pauschalen Kirchenhassern. In seinem Werk wie im seinem Leben standen einige Seelsorger in hohem Ansehen, so auch Pfarrer Falken aus Langenbroich, der Böll dann beerdigte. Tief

verabscheute er allerdings die Kirchenmanager, die formalisierte Sakramente feilboten. In der Kirche fehlte ihm die Mystik (Bertolt Brecht würde vielleicht gesagt haben, ein paar offene Fragen wären vonnöten) – und so bevorzugte Böll am Sonntagvormittag lieber das ausgiebige Frühstück mit der Familie, statt eine »Messe zu hören«. Das Motiv des Frühstücks als Sakrament wird dann im »Gruppenbild mit Dame« entfaltet, wo von Leni erzählt wird, die mit dem russischen Kriegsgefangenen ihren Kaffee teilte.
Man kann wohl von einer fortschreitenden Zerrüttung des Verhältnisses zur Kirche als organisiertem Katholizismus sprechen. Die Kirche konnte ihrem unflexiblem Wesen nach nicht auf den aufmüpfigen Schriftsteller eingehen, dieser war längst heimatlos geworden im Schoß der Übermutter. Eine nachvollziehbare Konsequenz war der Kirchenaustritt im Januar 1976. Gemeinsam mit seiner Frau Annemarie verließ er die Körperschaft.
Was an dem Tag des Austritts im Dichter und Denker Böll vorgegangen sein mag, wissen wir nicht. Ob es dem damals 59jährigen schwerfiel, zum Amtsgericht zu gehen, die Klinke zu drücken, sein Begehr vorzutragen, wir wissen es nicht. Ob er innerlich kurz zögerte, als er den Stift in die Hand nahm, um durch seine Unterschrift den Akt amtlich zu machen?
Jahre später erklärte Böll in einem Interview, der Kirchenaustritt sei nicht aus einem bestimmten Anlaß heraus vollzogen worden, also weil er sich akut über eine Angelegenheit aufgeregt habe. Er spricht von einem Entwicklungsprozeß, dessen logische Konsequenz nach einer inneren Entfernung schließlich die nominelle gewesen sei.
Auch als abgefallener Katholik – mit diesem Adjektiv betitelt das Kirchenrecht die Ausgetretenen – beobachtete Böll das kirchliche Geschehen. Karol Wojtyla fand er beispielsweise eigentlich sehr sympathisch. Er hatte Verständnis für den Papst aus Polen. Seine reaktionäre Art, den Katholizismus zu leben, sei Frucht der Abgrenzung

zur russischen Orthodoxie und zum deutschen Protestantismus. Für die sozialen Ansätze Johannes Pauls war er sensibel.
Hat nun der Kirchenaustritt das Leben oder wenigstens den Glauben Heinrich Bölls verändert? Sibyllinisch des Poeten Beteuerung, nach dem Austritt habe er ein viel unbefangeneres Verhältnis zu dem, was Religion wirklich sei, entwickelt. Allein, was Religion denn nun wirklich ist, verrät er nicht. Aber das ist ja auch sehr persönlich und typisch für Religiöse: sie sind's, ohne das Bedürfnis, zu erklären, was sie damit sind. Vermutlich erreichte Bölls Glauben mit dem Alter eine so tiefe Dimension, daß ihm die Kirche nichts mehr ausmachte. In den gewünschten Versehgang kurz vor dem Tod und der Beerdigung unter kirchlicher Assistenz dürfen wir wohl nicht die Heimkehr des verlorenen Sohnes in den Schoß der Mutter Kirche interpretieren. Aber der Abschiednehmende störte sich nicht mehr daran, daß die Tröstungen aus der kirchlichen Tradition stammten.

Ich war sehr müde, und alles, was sie mir sagte, machte mich traurig, weil ich wußte, daß sie recht hatte. Ich wollte sie fragen, ob sie mich noch liebe, aber ich hatte Angst, es könnte sehr albern klingen. Früher hatte ich nie Angst gehabt, es könnte etwas albern klingen, ich hatte alles zu ihr gesagt, so, wie es mir einfiel. Aber ich fragte sie jetzt nicht, ob sie mich noch liebte.

»Mag sein«, sagte ich müde, »daß ich im Krieg etwas abbekommen habe. Ich denke fast immer an den Tod, Käte, es macht mich ganz verrückt. Im Krieg gab es so viele Tote, die ich nie sah, von denen ich nur hörte. Gleichgültige Stimmen nannten Zahlen im Telefon, und diese Zahlen waren Tote. Ich versuchte, sie mir vorzustellen, und ich konnte sie mir vorstellen: dreihundert Tote, das war ein ganzer Berg. Für drei Wochen war ich einmal dort, was sie die Front nannten. Ich sah, wie die Toten aussahen. Manchmal mußte ich nachts raus, um die Leitung zu flicken, und im Dunkeln stieß ich oft auf Tote. Es war so dunkel, daß ich nichts sehen konnte, nichts. Völlig schwarz alles, und ich kroch dem Kabel nach, das ich in der Hand hielt, bis ich die Stelle erwischte, wo es zerrissen war. Ich flickte die Drähte, schloß das Kontrollgerät an, hockte dort im Dunkeln, warf mich hin, wenn ein Lichtsignal hochstieg oder ein Geschütz feuerte, und sprach in der Dunkelheit mit jemand, der dreißig, vierzig Meter von mir entfernt im Bunker saß – aber es war weit, weit sage ich dir, weiter als Gott von uns entfernt sein kann.«

»Gott ist nicht weit«, sagte sie leise.

»Es war weit«, sagte ich, »viele Millionen Kilometer weit war die Stimme, mit der ich sprach, um zu kontrollieren, ob die Leitung wieder funktionierte. Dann kroch ich langsam zurück, das Kabel in der Hand, stieß im Dunkeln wieder auf die Toten und blieb manchmal bei ihnen liegen. Einmal die ganze Nacht. Die anderen dachten, ich wäre tot, hatten mich gesucht, mich schon aufgegeben, aber ich lag die ganze Nacht neben den Toten, die ich nicht sah, nur

fühlte – ich blieb bei ihnen liegen, weiß nicht warum –, und mir wurde die Zeit nicht lang. Als die anderen mich fanden, meinten sie, ich wäre betrunken gewesen. Und ich langweilte mich, als ich zu den Lebenden zurück mußte – du glaubst nicht, wie langweilig die meisten Menschen sind, die Toten sind großartig.«

»Du bis schrecklich, Fred«, sagte sie, aber sie ließ meine Hand nicht los. »Gib mir eine Zigarette.«

Ich suchte die Zigaretten aus meiner Tasche, gab ihr eine, riß ein Streichholz an und beugte mich über sie, um ihr Gesicht zu sehen. Mir schien, sie sähe jünger aus, wohler und nicht mehr so gelb im Gesicht.

»Es ist dir nicht mehr schlecht?« sagte ich.

»Nein«, sagte sie, »gar nicht mehr. Es geht mir gut. Aber ich habe Angst vor dir, wirklich.«

»Du brauchst keine Angst vor mir zu haben. Mich hat auch nicht der Krieg kaputt gemacht. Es wäre genauso – ich langweile mich einfach. Du müßtest einmal hören, was ich den ganzen Tag im Ohr habe: meist überflüssiges Gerede.«

»Du solltest beten«, sagte sie, »wirklich. Es ist das einzige, was nicht langweilig sein kann.«

»Bete du für mich«, sagte ich, »früher konnte ich beten, ich kann es nicht mehr gut.«

»Es ist viel Training. Du mußt hart sein. Immer wieder anfangen. Trinken ist nicht gut.«

»Wenn ich betrunken bin, kann ich manchmal ganz gut beten.«

»Es ist nicht gut, Fred. Beten ist etwas für Nüchterne. Es ist, wie wenn du vor einem Aufzug stehst und Angst hast aufzuspringen, du mußt immer wieder ansetzen, und auf einmal bist du im Aufzug, und er trägt dich hoch. Manchmal merke ich es deutlich, Fred, wenn ich nachts wach liege und weine, wenn endlich alles still ist, dann spüre ich oft, daß ich durchdringe. Alles andere ist mir dann gleichgültig, Wohnung und Dreck, auch die Armut, sogar, daß du weg bist, macht mir dann nichts. Es ist ja nicht für lange

Zeit, Fred, für dreißig, vierzig Jahre noch, und so lange müssen wir es aushalten. Und ich denke, wir sollten versuchen, es zusammen auszuhalten. Fred, du täuschst dich und träumst, Träumen ist gefährlich. (...)«

(*Und sagte kein einziges Wort*)

Siebenundzwanzigmal Gott

Siebenundzwanzigmal müssen die Techniker das Wort Gott aus dem Vortrag herausschneiden und durch die Formulierung »jenes höhere Wesen, das wir verehren« ersetzen. Sie erfüllen damit das burleske Ansinnen eines gewissen Doktor Murke, dessen »gesammeltes Schweigen« eine der bekanntesten Satiren Heinrich Bölls ist. Über den skrupelhaften Redner in der Geschichte, den Verfasser von Büchern »essayistisch-philosophisch-religiös-kulturgeschichtlichen Inhalts«, Bur-Malottke, kann man nur grinsen. Aber auffällig ist, daß auch Böll selbst nie über Gott direkt sprach. Gott war geradezu unbenennbar für den Schriftsteller. Das lag ja nun nicht an mangelnder Ausdrucksfähigkeit. Er sprach von Gott, ohne über ihn zu sprechen.

Daß Religion ein Thema – manche sagen: das Thema schlechthin – in Bölls Werk ist, erweist sich ohne langes Suchen: In seinen Kommentaren und Reden, Vorworten und Rezensionen schreibt Böll über die Kirche und den Papst. Die Romanfiguren sind manchmal Angestellte der Kirche, Priester und Prälaten, auf jeden Fall meistens Katholikinnen und Katholiken. Sie beten, beichten, gehen zur Messe. – Welche Spannung: Für Böll gerät die Kirche in Sachen Religion zur Nebensächlichkeit, und doch widmet er ihr ausführliche Gedanken. Das Zentrum des Glaubens hingegen wird beschwiegen.

Was aber war der Mensch, der all diese fiktiven Figuren ins Leben rief? War er einer, der glaubte, betete, zur Messe und zur Beichte ging? – Der Schriftsteller selbst hat dazu nicht ausführlich Stellung bezogen. Seine Familie verweigert in dieser Sache die Auskunft; das sei privat.

Es stimmt ja auch: Was wüßten wir von Heinrich Böll »mehr«, wenn wir nachweisen könnten, er habe täglich ein

Vaterunser gesprochen, vielleicht dann und wann einen Rosenkranz gebetet und, wie es das Kirchenrecht vorsieht, jährlich die Kommunion empfangen, und das in der österlichen Zeit? Wir wüßten nicht »mehr«, aber interessant wäre doch, ob er seinen Glauben mit ähnlicher Kost nährte, die auch viele andere Menschen religiös am Leben erhält. Den Glauben eines Menschen kann ein Mensch zweifelsohne nicht messen, sein Vertrauen zu Gott nicht wägen. Was zwischen Gott und Heinrich Böll »passierte«, was da vorging, das wird in Ewigkeit eine Sache zwischen Heinrich Böll und Gott bleiben.
Das heißt wiederum nicht, daß gar nichts auf uns gekommen wäre, was die religiöse Einstellung Bölls erhellt. In den siebziger Jahren beteiligte er sich an den »Politischen Nachtgebeten«, die Dorothee Sölle initiierte, gemeinsam mit Fulbert Steffensky, Vilma Sturm und anderen. Zum Stichwort »Gott« heißt es wohl unter seinen persönlichen veröffentlichten Stellungnahmen: Fehlanzeige. Aber zu Jesus hat er nicht geschwiegen.
Bölls Jesusbild ist das eines liebe-vollen, pazifistischen Weltverbesserers. In den fünfziger und sechziger Jahren mag es revolutionär gewesen sein, den Christus aus der dogmatischen Erstarrung zu befreiendem Leben zu erwecken. Heute mutet das fast naiv-fundamentalistisch an, Jesus zu einem Softi à la Franz Alts »erstem neuen Mann« zu küren. Die Exegeten aller Fakultäten sind sich ziemlich einig, daß der historische Jesus von Nazareth ausschließlich eschatologische Interessen hatte, also von einem baldigen Weltende überzeugt war. Im Grunde wollte er keine neue Ethik verkünden, schon gar nicht politisch agieren. Dazu hätte er schließlich schon vor 2000 Jahren die Chance gehabt, er operierte ja in einem von Feinden besetzten Land. Aber statt Untergrundtätigkeit: Predigten über Sanftmut und der Segen des einfachen Lebens.
Heinrich Böll sprach von Jesus gern als dem »Menschgewordenen«. Was verband ihn mit diesem Jesus, der doch

eine rigorose Religiosität verkörperte, die – in einer fremden Kultur der Antike entstanden – uns heute fremd erscheint? Böll und Jesus – so ungleiche Freunde. Vielleicht verbindet beide der Mißerfolg ihrer Hoffnungen. *Erfolg* sei keiner der Namen Gottes, sagt der jüdische Religionsphilosoph Martin Buber. Die Menschheit ist seit Jesu Bergpredigt nicht moralisch reiner geworden. Aber er hat einen Weg gewiesen, der gehbar ist und dieses Leben hier und heute lebensfroher macht. Heinrich Böll läßt das ganze Evangelium kulminieren, wenn er einen Protagonisten seiner Romane Jesus beschreiben läßt als den, »der mit dem Finger in den Sand schrieb«.

Wer bis zur Firmung Kirchgänger war, müßte die Episode, auf die angespielt wird, eigentlich kennen: Man bringt Jesus eine Ehebrecherin, die dem Gesetz nach zum Tod durch Steinigung freigegeben ist. Die Gegner Jesu wollen doch mal sehen, ob der friedliebende Nazarener aus lauter Mitleid sogar das heilige Gesetz zu übertreten bereit wäre. Schlau wie ein Fuchs sagt der nur: »Wer von euch ohne Sünde ist, der werfe den ersten Stein.« Dann hockt er sich hin, schreibt mit dem Finger in den Sand und harrt der Dinge. Niemand wirft. Alle gehen. Nur die Sünderin bleibt. Jesus entläßt sie ohne entschuldigende Relativierung ihres Tuns und ohne donnernde Strafpredigt. Allein: »Jetzt sündige nicht mehr.«

Die Story hat ein Happy-End, doch der Höhepunkt ist der Augenblick, da Jesus mit dem Finger in den Sand schreibt. Er hat mit seiner verblüffenden Aufforderung hoch gereizt. Noch ist nicht ausgestanden, ob es für die angeklagte Frau gut ausgehen wird. Und auch für ihn: der Schuß könnte ja nach hinten losgehen, nach dem Motto: Du hältst dich wohl nicht an die gottgegebenen Vorschriften? Jesus setzt sich durch – und mit ihm eine neue Art von Gerechtigkeit, eine menschenfreundliche Solidarität.

In Bölls Werken agieren ja immer glaubende Menschen, die es verstehen, der Religiosität ein anderes, ein lebendiges Gesicht zu verleihen. Beispielsweise Leni Gruyten in »Gruppenbild mit Dame«. Sie vermag mit einem gereichten Getränk mehr liebevolle Zuwendung auszudrücken als ritualisierte Zeichen. Böll holt christliche Symbole ins Profane hinein und zeigt, worum es geht. Wie soll denn sonst ein Mensch spüren, daß Gott auf seiner Seite steht, wenn er nicht die Liebe eines Menschen spürt?

In einem Essay über Israel äußert sich Böll zur Heiligen Schrift. Er entschuldigt sich, daß es ihm nicht gegeben sei, an den biblischen Stätten der Christen heilige Schauer zu spüren. Böll: »Natürlich sah und respektierte ich die Ergriffenheit der Pilger, ich konnte diese Ergriffenheit nur nicht teilen: das alles war und ist mir zu demonstrativ, zu weit von dem entfernt, was das biblische Wort in mir bewirkt hat, ausgelöst hat.« Konkreter wird Böll nicht.

Zur persönlichen Frömmigkeit des Heinrich Böll könne er nichts beitragen, sagte mir Markus Schäfer, Mitarbeiter des Kölner Böll-Archivs. Nur diese Einschätzung des Böll-Kenners konnte ich mir notieren: »Sein ›*Fehler*‹ war, daß er die Bibel gelesen hat.«

So, ich muß Schluß machen, es ist Sonntag, ich habe gestern lange gelesen, natürlich lange geschlafen und gehe jetzt immer nachmittags in den Dom zur Kirche. Es ist wirklich wunderbar und die Predigten sind ausgezeichnet. Außerdem ist das Publikum dort reizvoll: viele Durchreisende, die »Gläubigen« in der Mitte um den Altar herum – und außen die Zuschauer, erstaunt, ehrfürchtig oder spöttisch, aber alle anständig, viele bedrückt. Es erinnert mich immer etwas an die Gefangenschaft, wo es ähnlich war, nicht?

(*Brief an Ernst-Adolf Kunz*)

Eine schwierige Beziehung

Colonia Claudia Ara Agrippinensis nannten die alten Römer die Stadt am Rhein, war doch in ihr die Kaiserin Agrippina geboren worden. Die Stadt gibt es immer noch, heute wird sie schlicht »Köln« genannt, und in ihr haben noch mehr berühmte Persönlichkeiten das Licht der Welt erblickt...

Köln ist eine der wenigen wirklich weltweit berühmten deutschen Städte. Diese Bekanntheit hat sie wohl ihrem Dom zu verdanken, dem Wahrzeichen der Stadt. Zu den Exportgütern gehört neben einer preiswerten Schokoladenmarke vor allem das Kölnisch Wasser. In der Republik wird Köln mit seinem Karneval identifiziert, dem einst wirklich die Umkehrung der Machtverhältnisse gestattet war, wenn auch befristet auf ein paar Tage vor dem Aschermittwoch. Dieses Treiben ist heutzutage einer profitorientierten Unterhaltungsindustrie gewichen. Kenner können mit dem 1. FC oder mit BAP etwas anfangen, auch mit dem Lieblingsgetränk der Kölner, dem Kölsch natürlich, das in relativ kleinen Gläsern (zwei Deziliter) ausgeschenkt wird: damit es immer frisch ist! Köln, mittlerweile vierte Millionenstadt Deutschlands, war Heimat der Heinzelmännchen, gutmütiger Zwerge, die des Nachts die Arbeit der Handwerker verrichteten. Und Heinrich Böll kommt auch aus Köln.

Bis auf die letzten drei Jahres seines Lebens hat der Poet in der Stadt am Rhein gelebt. An zehn verschiedenen Anschriften war er zu Hause, alle linksrheinisch natürlich. Die andere Seite – die »schäl sick« – war den echten Kölnern immer suspekt. Köln war seine Heimatstadt, aber er sagte einmal selbst: »Fragte man mich, ob sie meine Heimat sei, wüßte ich keine Antwort.« Zwar war sie mehr Heimat als Deutschland als Ganzes, aber die Beziehung zu

dieser Metropole war auch geprägt von Mißverständnissen und Mißtrauen – beiderseitig.
Zuneigung und Abweisung, Liebe und Haß zugleich offenbarten sich beispielsweise in den Ehrungen, die die Stadt ihrem berühmten Sohn zuteil werden ließ: Zwar war Böll ihr Literaturpreisträger (und nach seinem Tod wurde der Preis gar »Heinrich-Böll-Literaturpreis« getauft), zwar verlieh man Böll das Ehrenbürgerrecht, aber alle diese Auszeichnungen waren Frucht eines peinlichen Gezerres. Die Kommune wollte am liebsten nur den Romancier beglückwünschen, der Köln durch seine Romane und Geschichten literarisch weltberühmt machte, wenngleich man nicht der Vorstellung erliegen sollte, Böll habe immer nur abgebildet, was ihm vor der Nase lag. Er benutzte Köln, den Rhein, das Rheinland als »Material«, lebendiges Ausdrucks-Material, mit dem er spielerisch, eben wie ein Künstler des Wortes, umging. Nicht anfreunden mochte man sich in der Stadtregierung mit dem politischen Essayisten, der auch ab und zu den Kölnern einen Kommentar zum »kölschen Klüngel« zumutete, zur Pöstchenschieberei, zu undurchsichtigen finanziellen Transaktionen etc. Das Wohlwollen der Offiziellen war auch heillos überfordert, als Böll einmal philosophierte, die bewußte Verschonung des Doms während des zweiten Weltkrieges sei eine besondere Variante der Barbarei, schließlich wäre diese Verschonung doch auch oder eher den Wohngebieten angemessen gewesen.
Obendrein machte Böll nie einen Hehl daraus, daß er sich zum Lokalpatrioten nicht eigne. »Ich bin nun mal hier geboren«, stellte er lakonisch fest. Die Kölsche Arroganz konnte er sich nur mit dem Alter der Stadt erklären, was sie noch lächerlicher machte, denn keiner seiner Zeitgenossen konnte etwas dafür. Ein bizarres Meßinstrument der Distanz war auch die Sprache. Den sanften rheinischen Akzent, das melodische Schwingen der Laute, verbarg Böll nicht. (Hätte er wohl auch nicht gekonnt.) Aber seine Ein-

stellung zum Dialekt, dem außerhalb der Stadt so geschätzten Kölsch, war widersprüchlich, wie er selbst feststellte. Letztlich neigte er zur Ablehnung, da der Dialekt als Fremdsprache eben die Fremden und Flüchtlinge ausschließe. Das sei nicht sein Zuhause. Eine Ausnahme gestattete er sich bei der erwähnten Verleihung des Ehrenbürgerrechtes. Seine Rede trug den bedeutungsschwangeren Titel: »Ich han dem Mädche nix jedonn, ich han et bloß ens kräje«. (Eine hochdeutsche Übersetzung ist schwierig, etwa: »Ich habe dem Mädchen [gemeint ist die Stadt Köln] nichts getan, ich habe es bloß mal gekriegt.« Das wiederum bedeutet: kurz genommen, umarmt, gedrückt, geherzt, geküßt.)
Es liegt wohl in der Natur des Menschen, sich mit zunehmendem Alter mehr an die Kindheit, eben das längst Vergangene, Unwiederbringliche zu erinnern. Die Stadt sei ihm fremd geworden, mußte er akzeptieren, »ganz fremd bis auf ein paar Erkennungszeichen, ein paar alte Kirchen und hier und da mal ein Gebäude. (...) Wenn ich mir vorstelle ein Bild aus meiner Kindheit: die Leute saßen ja auf Stühlen vor ihrer Wohnung auf der Straße und plauderten und guckten sich an, was passierte. Das ist ja heute völlig undenkbar.« Zu seinen Kindheitserinnerungen gehört auch das häufige Schuleschwänzen. Er strolchte dann durch die Straßen und lernte auf dieser »Straßenschule« etwas fürs Leben, mehr als auf der richtigen: »Hände in die Taschen, Augen auf, Straßenhändler, Trödler, Märkte, Kirchen, auch Museen (ja, ich liebte die Museen, ich war bildungshungrig), Huren (an denen in Köln kaum ein Weg vorbeiführte) – Hunde und Katzen, Nonnen und Priester, Mönche und der Rhein, der große graue Rhein, belebt und lebhaft, an dem ich stundenlang sitzen konnte.«
Böll spricht von verschiedenen Kölns, die Gegenstände der Erinnerung »und der Sentimentalität natürlich« gewesen seien: nämlich das Vor- und das Nachkriegsköln. Das Köln dazwischen, im Krieg, hatte für ihn »Größe und

Ernst«, »was die unzerstörte Stadt nie hatte«. Vielsagend der schlichte Satz: »Als wir Köln wiedersahen, weinten wir.«
In dem Buch »Heinrich Böll und Köln« heißt es treffend von Viktor Böll, einem Neffen: »Nie ließ Köln Heinrich Böll kalt.« Ja, obwohl die Stadt von Nazis gleichgeschaltet und gebräunt wurde wie das gesamte Reich, rechnete Böll den Kölnern sein Lebtag hoch an, daß sie bei der Märzwahl 1933 nur zu etwa 30 Prozent ihre Stimme der NSDAP gegeben hatten. Aber das half natürlich mittelfristig nichts. Später, als erfolgreicher Schriftsteller, wurde Böll von Menschen aus der ganzen Welt besucht. Er machte dann private Stadtführungen, meist entlang der romanischen Kirchen, die er sehr liebte. Manchmal führte der Weg auch in den Dom, den er übrigens innen viel schöner fand als außen; die Türme bezeichnete er als überflüssig... Böll litt unter dem Auto-Köln, das Straßen und Autobahnen den Vorzug gab, die Fußgänger verdrängte und so einen ganzen Lebensstil erstickte. Der mittlerweile gealterte, kränkelnde Fußgänger Böll ergriff die Flucht und verließ den Moloch Stadt in Richtung Merten.
Böll ließ sich manchmal zu Schwärmereien über das »Kölner Lebensgefühl« hinreißen, das beispielsweise ein sympathisch schlechtes Verhältnis zur Legalität habe. Mit zunehmendem Alter wurde sein Urteil knapper. In einem autobiographischen Text schließt Böll das Thema folgendermaßen ab: »Da wäre noch viel über Köln zu sagen, aber ich finde, Köln hat nach Domjubiläum, Papstbesuch und Museum-Ludwig-Publicity genug – außerdem fließt der Rhein ja weiter.«

Passiert einem in Deutschland etwas, versäumt man den Zug, bricht man ein Bein, macht man Pleite, so sagen wir: Schlimmer hätte es nicht kommen können; immer ist das, was passiert, gleich das Schlimmste – bei den Iren ist es fast umgekehrt: bricht man hier ein Bein, versäumt man den Zug, macht man Pleite, so sagen sie: It could be worse – *es könnte schlimmer sein: man hätte statt des Beines den Hals brechen, statt des Zuges den Himmel versäumen und statt Pleite zu machen, hätte man seinen Seelenfrieden verlieren können, wozu bei einer Pleite durchaus kein Anlaß ist. Was passiert, ist nie* das Schlimmste, *sondern das Schlimmste ist nie passiert: stirbt einem die geliebte und hochverehrte Großmutter, so hätte ja auch noch der geliebte und verehrte Großvater sterben können; brennt der Hof ab, die Hühner aber werden gerettet, so hätten ja auch die Hühner verbrennen können, und verbrennen sie gar: nun – das Schlimmere: daß man selbst gestorben wäre, ist ja nicht passiert. Stirbt man gar, nun, so ist man aller Sorgen ledig, denn jedem reuigen Sünder steht der Himmel offen, das Ziel mühseliger irdischer Pilgerschaft – nach gebrochenen Beinen, versäumten Zügen, lebend überstandenen Pleiten verschiedener Art. Bei uns – so scheint mir – versagen, wenn etwas passiert, Humor und Phantasie; in Irland werden sie gerade dann in Bewegung gesetzt. Jemandem, der das Bein gebrochen hat, mit Schmerzen daliegt oder im Gipsverband herumhumpelt, klarzumachen, daß es schlimmer hätte sein können, ist nicht nur tröstlich, sondern auch eine Beschäftigung, die poetische Begabung voraussetzt, leichten Sadismus nicht immer ausschließt: die Qualen eines Halswirbelbruches auszumalen, vorzuführen, wie eine verrenkte Schulter sich ausmachen würde, zerschmetterte Schädel – der Beinbrüchige humpelt getröstet von dannen, sich selig preisend ob solch geringfügiger Mißbill.*

So hat das Schicksal unbegrenzten Kredit, und die Zinsen zahlt man willig und ergeben; liegen die Kinder da, keuch-

hustend und jämmerlich, der hingebenden Pflege bedürftig, so soll man sich glücklich preisen, daß man selbst noch auf den Beinen ist, die Kinder pflegen, für sie arbeiten kann. Hier ist der Phantasie keine Grenze gesetzt. It could be worse *ist eine der am meisten gebrauchten Redensarten wohl deshalb, weil es oft genug recht schlimm kommt und das Schlimmere dem Trost die Relation bietet.*

(*Irisches Tagebuch*)

Der großen Dichter Heimat

Soziologen ermitteln bisweilen wissenschaftlich, was die Erfahrung manchmal einfach zeigt. So merken Buchhändler, daß ein Autor unmittelbar nach seinem Tod noch einmal Interesse erregt und dann ziemlich bald und ziemlich lange der Vergessenheit anheimfällt.
Das Allensbacher Institut für Demoskopie machte hingegen 1991 eine erstaunliche Entdeckung: bei einer Umfrage, die den Bekanntheitsgrad von Schriftstellern im wiedervereinigten Deutschland ermittelte, kam zutage, daß immer noch neunzig Prozent der Westdeutschen der Name Heinrich Böll etwas sagt – und das sechs Jahre nach seinem Tod. In den neuen Bundesländern war er so bekannt wie Christa Wolf und Stefan Heym, zu DDR-Zeiten die literarischen Größen des Landes!
Die Allensbacher haben nicht gefragt, woran die Leute denken, wenn sie Böll hören. Es ist aber mit großer Wahrscheinlichkeit davon auszugehen, viele hätten das Stichwort »Irland« gebracht. Bölls »Irisches Tagebuch« gehört zu seinen auflagenstärksten Werken und hat weite Verbreitung gefunden. In der Bundesrepublik wird es sich wohl kaum eine öffentliche oder kirchliche Bücherei leisten können, es nicht im Sortiment zu führen. Wer erreicht schon mit einem Text eine 42. Auflage und weit über eine Million verkaufter Exemplare – ohne die Übersetzungen gerechnet (Stand 1994)? 1961 erschien es als erster Band der neuen dtv-Reihe. Da liest man schlichte Sätze, die viel Wahres sagen. Im Kapitel »Politischer Zahnarzt« heißt es: »Du mußt die Deutschen nicht wegen, sondern trotz Hitler gern haben.«
Für Heinrich Böll war Irland weder nur ein Urlaubsland noch die günstige Vorlage für ein erfolgreiches Buch – wiewohl es natürlich wiederum beides war. Die Grüne Insel

entwickelte sich mehr und mehr zu seiner zweiten Heimat; 1958 kaufte er dort ein Haus. Auf der Erde, die auch berühmte Literaten wie Jonathan Swift, James Joyce, Oscar Wilde, George Bernard Shaw, William Butler Yeats, Seamus Heaney und andere trug, fühlte sich Böll wohl; ein Teil seines schriftstellerischen Werks ist in Irland entstanden. Irland also war für ihn ein Ort der Ruhe und Muße, auch Zuflucht, wenn ihm das Leben in Deutschland zu hektisch wurde (so eben beispielsweise nach der Veröffentlichung der »Ansichten eines Clowns«). Ganz übersiedeln wollte er jedoch nie. Und wahrscheinlich konnte er später auch nur über seinen Gedanken schmunzeln, nach Südafrika oder Südamerika auszuwandern. 1948 hatte er seinem Freund Kunz davon geschrieben. Die ersten Re-Militarisierungstendenzen hatten ihn zu Überlegungen dieser Art veranlaßt. Später ging er offensiv gegen solcherlei Umtriebe vor.

Marcel Reich-Ranicki interpretierte vor Jahrzehnten, das Irische Tagebuch sei in Wahrheit ein verstecktes Deutschlandbuch und entwerfe eine Gegenwelt zur hiesigen Gesellschaft. Sollte er recht haben, wäre Böll wohl ein eingeschränkter Blickwinkel vorzuwerfen. Irland war in der Tat immer ein anderes Land als Deutschland, doch bereits in den fünfziger Jahren kein romantisches Paradies mehr von Pubs, Sackpfeifenmusik, gutmütigen Priestern, vielen Kindern und mittelalterlichen Steinkirchen. Das Nordirlandproblem streift Böll nur am Rande, die Probleme eines damals vormodernen, agrarisch orientierten Landes hat er kaum in ihrer Konsequenz erkannt. Aber selbstverständlich haben wir es heute leicht, den Autor der Unterlassungssünde zu zeihen, er habe zu komplizierten Fragen geschwiegen.

Die Böll-Irland-Forscherin Gisela Holfter macht in ihrer Dissertation darauf aufmerksam, daß Böll schon, bevor er zum ersten Mal den Fuß auf irischen Boden setzte, ziemlich genaue Vorstellungen von diesem Land hatte. Seinen

Anfang nahm dieses – im guten Sinne – »Vor-Urteil« bereits in der Kindheit. Im Interviewband »Eine deutsche Erinnerung« sagt Böll: »Jeder, der schreibt, ist zuerst einmal der Leser, und alles, was er gelesen hat, beeinflußt ihn. Das fing damit an, daß ich als Junge, so mit acht, neun Jahren irische Märchen geschenkt bekam.« In Kritiken von Büchern irischer Schriftsteller beschreibt Böll später die Insel als »demütig, liebenswürdig, unerwacht«, die Elemente irischen Lebens seien »Fuchsienblüten, eine Marienstatue, Frömmigkeit, Dumpfheit, der jahrhundertealte Druck der Armut. Die Poesie liegt in Irland auf der Straße.« Zitatende. Böll wußte, daß jährlich 40000 Menschen die Insel verließen. Trotzdem hatte er phantasiereiche, geradezu phantastische Vorstellungen von einem Land, das er bis zu seiner ersten Begegnung mit der Insel nicht aus eigener Anschauung kannte. Die Germanistin Holfter findet, diese Eindrücke würden dann auch im Irischen Tagebuch vermittelt – doch wurden sie von ihm tatsächlich so vorgefunden, oder war der Wunsch der Vater der Eindrücke?
1954 erscheint der Roman »Haus ohne Hüter«. Darin ist die verstorbene Frau von Albert, einer der Hauptpersonen, eine Irin: Leen. Böll vergleicht ihre irische Unordnung mit der deutschen Ordentlichkeit und läßt erstere im positiveren Licht erscheinen. Leen werden »typisch irische« Eigenschaften attestiert: Sie war »bei ihrer Wildheit sehr fromm« (wollte nämlich nicht nur Geliebte, sondern Ehefrau sein – »lieber hätte sie sich erdolcht«), sie »schwärmte leidenschaftlich für die kitschigen Kirchen der Franziskanerpatres«, liebte den Kinobesuch, das Wettspiel und zeichnete sich durch einen gewissen Fanatismus beim Hockeytraining aus. Außerdem haßte sie Vorräte, war also der Vorsorge für die Zukunft abgeneigt... Böll beschreibt sogar Leens Tee! Sie machte ihn »ganz dunkel, tief golden, schimmernd von unten herauf« – und siehe da, Heinrich Böll beschreibt ihn ähnlich, nur poetischer, als er endlich

auf der Insel weilt: Der Tee gleiche »den dunklen Tönen auf russischen Ikonen, durch die es golden durchschimmert«.
Alberts Traum, nach Irland zu kommen, bleibt unerfüllt. Bölls Wunsch hingegen wurde im Herbst 1954 endlich wahr, er reiste nach Irland. In einem Brief an seine Familie heißt es: »Es ist so schön hier, daß ich sehr traurig bin, Euch nicht hier zu haben.« Und bei anderer Gelegenheit schreibt er: »Ich denke, daß wir, wenn wir im nächsten Jahr mehr Geld haben, hier wirklich mit den Kindern einmal hinfahren sollten.« Und so kam es denn auch. Familie Böll besuchte Irland, und es ereignete sich jene Zugfahrt auf Kredit, der der Schriftsteller im Irischen Tagebuch ein Kapitel gewidmet hat. Man meint, es sei den Iren selbstverständlich gewesen, die deutsche Familie zu befördern. Private Briefe Bölls an seinen Vater zeigen jedoch, daß die so problemlose Beförderung wohl erst nach langem Palaver Annemarie Bölls möglich war. Gisela Holfter kommentiert: »Schon hier ist eine gewisse Idealisierung im nachhinein spürbar.« Allerdings muß dennoch festgestellt werden: Es war möglich, auf Pump zu fahren. Ob das im Deutschland der fünfziger Jahre funktioniert hätte?
Böll verstand es, den Reiz des »Anderen« zu beschreiben, das den Kontinentaleuropäer an Irland fasziniert. So fuhr er am Pfingstmontag, dem 3. Juni 1963, mit dem Auto über die Insel. Es war jener Tag, an dem »der gute Papst« Johannes XXIII. im Sterben lag. Böll hatte eine lange Fahrt vor sich, sein Autoradio war kaputt, und so informierte er sich an Tankstellen und Kiosken über den Zustand des Bischofs von Rom. Überall wußte man Bescheid, hatte die vatikanischen Bulletins aufmerksam verfolgt. Böll erzählt: »Kurz vor Castelbar, in einer einsamen Kneipe am Wegesrand, abends gegen neun, wollte ich mich durch jenen Wundertrunk stärken, der an den Ufern des Liffey gebraut wird, und als ich in die Kneipe kam, brauchte ich erst gar nicht nach dem Befinden des Papstes zu fragen. Die Trä-

nen der bierzapfenden Wirtin, die Mienen der schweigend trinkenden Männer; ich wußte, daß diese weiße Majestät gestorben war.«

1961 produzierte Böll einen Fernsehfilm über Irland: »Irland und seine Kinder«. Siebzehn Jahre später meinte der Autor immer noch, dieser Film grenze ziemlich nah an Schmeichelei. In Deutschland war der Film mit Begeisterung, in Irland hingegen mit Empörung aufgenommen worden. Es gab dort wüste Beschimpfungen, die Böll nicht nachvollziehen konnte. Der Zorn der Inselbewohner richtete sich gegen die ganze Diktion des Streifens. Als Böll wieder einmal dort war, fragte ihn eine Nachbarin: »Haben Sie nicht Angst, daß Sie gesteinigt werden?« – Hatte Böll das Land so verkehrt dargestellt? Er sagte doch lauter nette Dinge über die Leute und die Landschaft. Vielleicht war der Film einfach zu nett, zu unwirklich. Und mancher Kurzkommentar aus dem Off ist ein höchst eigenartiges Kompliment, beispielsweise: »Das Unvernünftige am Christentum hat den Iren immer mehr eingeleuchtet als alle vernünftigen Versionen, die auf einen Kompromiß hinausliefen.« – *Geschmack am Unvernünftigen,* das kann als treuherzige Dummheit mißverstanden werden. Der Film sagte einfach mehr über die Phantasien des Autors als über das Land aus.

Dreizehn Jahre nach seiner ersten Begegnung verabschiedete sich Heinrich Böll von Irland: »Es ist höchste Zeit für mich, mein Dossier über Irland abzuschließen, schwebende Pläne, noch einmal über Irland zu schreiben, weit in die Zukunft zu schieben, und die Notizen, die sich häufen, stillschweigend im Nähkörbchen verschwinden zu lassen«. Er habe, so schreibt er, in diesen dreizehn Jahren viel über Irland gelesen, auch von Iren, eine »ganz und gar uneinheitliche Einheit Irland« kennengelernt. Fazit: »Meine Unschuld ist dahin«. Soll wohl heißen: die Chiffre »Irland« eignete sich nicht mehr, um Utopien auf sie zu projizieren. Böll schrieb danach tatsächlich nichts mehr über

diesen erfüllten Traum seines Lebens. Er schließt ein Kapitel ab: »Was mich am meisten hindert, über Irland ›korrigierend‹ oder ›ergänzend‹ zu schreiben: ich mag es zu sehr, und es ist nicht gut für einen Autor, über einen Gegenstand zu schreiben, den er zu sehr mag.«
Dennoch: Bölls Irland gab es, wenn auch nur für Heinrich Böll. Als habe er die Kritik der Nachgeborenen vorausgeahnt, schreibt er im Tagebuch, bevor es eigentlich losgeht: »Es gibt dieses Irland: wer aber hinfährt und es nicht findet, hat keine Ersatzansprüche an den Autor.«

Es mag schon sein, daß ich in einem oder anderen Punkt zu weit gegangen bin, zu weit nach Ansicht der Politiker, aber – ich wiederhole mich: »Man muß zu weit gehen, um herauszufinden, wie weit man gehen kann.« Offenbar kann man hierzulande nicht sehr weit gehen, denn – innerhalb der Tradition politischer Polemik gesehen – ist der Spiegel-*Artikel verblüffend harmlos, und das ist eine seiner weiteren Schwächen, die eine Schwäche des öffentlichen Bewußtseins sichtbar macht. Ich hatte tatsächlich die Illusion, ich könnte die Fronten – wenigstens stellenweise – durchbrechen. Statt dessen verhärten sie sich. Die Pressemauer steht, und auch an ihr gibt es »Schießbefehle«, die sogar im Jargon verankert, legitimiert sind: Man nennt das »Abschießen«, »Schlachten«, die mildere Form heißt: »In die Füße schießen.«*

Als Hauptargumente gegen den Spiegel-*Artikel stellen sich bisher heraus: Erstens ich hatte die Gruppe um Ulrike Meinhof »verharmlost«. Zweimal habe ich in meinem Artikel ausdrücklich erklärt, Ulrike Meinhof habe dieser Gesellschaft* den Krieg erklärt. *Ich halte Krieg nicht für ein harmloses Wort. Ich habe die Gruppe um Ulrike Meinhof* relativiert – *ja. Verharmlost – nein. Ich habe versucht, die Proportionen zurechtzurücken. Nichts weiter. Wenn Albanien der Sowjetunion den Krieg erklären würde, so fände ich das nicht harmlos, nur fände ich die Situation der Sowjetunion nur relativ gefährlich.*

(Man muß weit gehen)

Die kriminelle Sünde der Differenzierung

Sehr wahrscheinlich gehörten zum harten Kern nie mehr als zehn bis zwölf Personen; ein Dutzend Frauen und Männer hielten für Jahre die Republik in Atem. Die hochgerüstete, technisch weit entwickelte, demokratisch sein wollende Bundesrepublik Deutschland sah sich einem Feind ausgesetzt, den sie fast nicht verkraftet hätte: dem Terrorismus der RAF.

Auch zwanzig Jahre nach den Höhepunkten der schrecklichen Morde, Attentate und Entführungen der Baader-Meinhof-Terroristen ist es gedanklich kaum faßbar, was dieser exzentrische Fundamentalismus eigentlich bewirken sollte. Glaubten die selbsternannten Weltverbesserer tatsächlich, mit ihren Aktionen die Republik verändern zu können? In der Tat haben die Terroristen das Land verändert; allein, der »Schuß ging nach hinten los«. Die politische Diskussion verhärtete sich. Intellektuelle und »Linke« wurden dämonisiert.

Ziel einer regelrechten Kampagne der Diffamierung war in den siebziger Jahren der Schriftsteller Heinrich Böll. Er ist eine der Hauptpersonen des grotesken Stückes, das später unter dem Begriff »Deutscher Herbst« in die Geschichtsbücher eingehen sollte. Herbst, da mag man an romantische Rilke- oder Hesse-Gedichte denken, an fallende Blätter, lange Spaziergänge und ebensolche Briefe. Zum Herbst gehören aber vor allem Stürme: und diese waren heiß, glühendheiß.

Was war geschehen, welches Verbrechen hatte Böll begangen? Er selbst nannte es später »die kriminelle Sünde der Differenzierung«.

Konkret: Am 22. Dezember 1971 wurde in Kaiserslautern eine Bank überfallen. Dabei wurde ein Polizist ermordet.

Die Bild-Zeitung titelte am nächsten Morgen auf Seite eins: »Baader-Meinhof-Bande mordet weiter«. Zu diesem Zeitpunkt hatte die Polizei noch keinerlei Anhaltspunkte über die Täter.
Die Ermittlungen waren auch drei Wochen später noch nicht weiter gediehen. Da veröffentlichte Böll im Nachrichtenmagazin »Der Spiegel« einen Artikel mit der Überschrift »Will Ulrike Meinhof Gnade oder freies Geleit?« Darin prangerte er in scharfer Form die Vorverurteilung durch das Boulevard-Blatt an. Es heißt in dem Text: »Die Überschrift ›Baader-Meinhof-Bande mordet weiter‹ ist eine Aufforderung zur Lynchjustiz. Millionen, für die ›Bild‹ die einzige Informationsquelle ist, werden auf diese Weise mit verfälschten Informationen versorgt. (...) Die Bezeichnung Rechtsstaat wird fragwürdig, wenn man die gesamte Öffentlichkeit mit ihren zumindest unkontrollierbaren Instinkten in die Exekutive einbezieht; wenn man die Qualität des Rechts der Quantität von Erfolg und Popularität opfert.«
Unabhängig von der Tatsache, daß der tödliche Banküberfall tatsächlich auf das Konto der RAF ging, was sich erst ein halbes Jahr nach der Tat beweisen ließ: Viele Menschen haben Bölls differenzierte Auseinandersetzung mit dem Phänomen Terrorismus nicht nachvollziehen können. Sein Anliegen war, Gerechtigkeit auch denen zu gewähren, die solch üble Verbrechen begehen. Außerdem schien die Justiz auf dem »rechten Auge« blind zu sein, nur die linksextremen Angriffe auf die Demokratie wahrzunehmen. Von der bürgerlichen Presse wurde er fortan als geistiger Brandstifter und eigentlicher, gedanklicher Urheber des Terrorismus angesehen. Kommentatoren der Tagesschau und von Magazinsendungen beschimpften den Schriftsteller als »salonanarchistischen Sympathisanten« , als »Sympathisanten des Linksfaschismus« (so Gerd Löwenthal).
Eine ganze Reihe von Journalisten und Politikern fühlte sich daraufhin berufen, die wahren Gründe des Terroris-

mus zu suchen und zu finden. Bei den messerscharfen Analysen kamen sie auf manche prominenten Namen intellektueller Köpfe. Neben den evangelischen Theologen Helmut Gollwitzer, Kurt Scharf und Heinrich Albertz durfte einer selbstverständlich nie fehlen: Heinrich Böll. »Die Welt« konnte sich noch am 12. September 1977 eine so platte Überschrift erlauben wie: »Das stille Reserveheer des Terrorismus«. Dazu die Fotos der vier Männer.
Parallel zu den Beschimpfungen erreichte Heinrich Böll auch eine Woge der Solidarität. Diese reichte von täglichen Briefen, in denen Zustimmung und Wünsche für Ausdauer und Mut ausgedrückt wurden, bis hin zur Verleihung des Nobelpreises für Literatur, die bestimmt nicht ohne Grund so plaziert wurde. Prominente aller Berufe setzten ihre Autogramme unter Solidaritätsbekundungen. Der Bundeskanzler Willy Brandt stellte sich im Bundestag schützend vor seinen Freund Böll.
Am 1. Juni 1972 wurden in Frankfurt am Main drei Terroristen von der Polizei gefangengenommen, darunter Andreas Baader. Am gleichen Tag umstellten und durchsuchten schwerbewaffnete Polizisten Bölls Haus in der Eifel. Böll war natürlich entsetzt über dieses Vorgehen und wandte sich an den damaligen Innenminister Hans-Dietrich Genscher. Er bat um Aufklärung, »auf Grund welcher Vermutungen, Verdächtigungen, möglicherweise Denunziationen« sein Haus durchsucht worden sei. Eine Kopie des Briefes ging Bundespräsident Heinemann zu. Und während der Innenminister schwieg, antwortete Heinemann. Dieser, ein intellektueller Staatsmann, brachte seine Einschätzung der Aktion und das Vertrauen zu Heinrich Böll humorvoll auf den Punkt, als er schrieb: »Was wir [Gustav Heinemann und seine Frau] uns ausmalten, war dieses: wir wären an diesem 1. Juni ebenfalls ihre Hausgäste gewesen, als die Polizei an- und einrückte! Leider haben Sie uns zu diesem Staatsakt nicht rechtzeitig eingeladen! Das wäre doch großartig gewesen...« – Diese

Stellungnahme zu dem Vorfall bedarf keiner weiteren Erläuterung.
Gegen die übelsten Beschimpfungen sah sich Böll gezwungen, gerichtlich vorzugehen. Bei den Prozessen drehte es sich nie um die Frage, ob Böll wirklich Einfluß auf die Terroristen hatte. (Wie sollte er denn? Kein Terrorist holte sich bei ihm Rat. Kein Terrorist war »Held« in einem seiner Romane.) Juristisch zu entscheiden war, ob die verleumderischen Äußerungen in den Medien das Persönlichkeitsrecht des Bürgers Heinrich Böll verletzten oder aber sich noch im Rahmen der erlaubten Meinungsfreiheit der Journalisten befänden. Der Prozeß gegen den Sender Freies Berlin führte bis nach Karlsruhe: Das höchste deutsche Gericht, das Bundesverfassungsgericht, entschied am 3. Juni 1980 »Im Namen des Volkes« zugunsten Heinrich Bölls.
Zwar hatte Böll sich rechtlich durchsetzen können, aber die ganze Auseinandersetzung war nicht spurlos an ihm vorübergegangen. Die jahrelange Anspannung kostete Nerven, raubte Zeit, verbrauchte seine Energie für diese »Nebenbeschäftigung« des Schriftstellers. Von den einen in die Rolle des politischen Gewissens gedrängt, von den anderen als personifizierter Buhmann mißbraucht, meint man eine Spur von Bitterkeit in seinen Spätschriften entdecken zu können. Erklärlich dann auch, warum er im Alter Autobiographisches schrieb: Erinnerung an bessere Tage.
Schlußepisode mit Happy-End: Karl Carstens, damals Vorsitzender der CDU-Bundestagsfraktion, forderte bei einer Parteiveranstaltung in Duisburg »die ganze Bevölkerung auf, sich von der Terrortätigkeit zu distanzieren. Insbesondere den Dichter Heinrich Böll, der noch vor wenigen Monaten unter dem Pseudonym Katharina Blüm ein Buch geschrieben hat, das eine Rechtfertigung von Gewalt darstellt.« – Wie unangenehm: Carstens' Redenschreiber hatte sehr ungenau recherchiert. Auf dem Umschlag des

1974 erschienenen Werkes war in großen Lettern der Verfasser zu lesen: Heinrich Böll. Was hat es also mit dem Pseudonym auf sich? Und wer ist dann Katharina Blum (wohlgemerkt mit u statt ü)? In der Tat die Protagonistin der Erzählung. So lautet auch der Titel: »Die verlorene Ehre der Katharina Blum oder: wie Gewalt entstehen und wohin sie führen kann«. Der Text ist eine präzise, psychologische und soziale Analyse aufkeimender und ausgeübter Gewalt. Eben nicht als Sachbuch, sondern im literarischen Gewand einer Erzählung, um die Problematik einem großen Leserkreis zugänglich machen zu können.

Diese Geschichte sollte Jahre später ein Nachspiel haben. Karl Carstens, mittlerweile zum höchsten Amte der Republik emporgestiegen, durchwanderte als leutseliger Bundespräsident die schönsten Gegenden der deutschen Heimat. Bei einem Spaziergang fand er sich vor Heinrich Bölls Haustür in Langenbroich wieder. Er klingelt, Heinrich Böll öffnet die Haustür. Und? Nutzt Böll die Chance und stellt den Präsidenten bloß? Er könnte ja provokativ fragen: Wer sind Sie? Was wollen Sie? Abwehrend die Hand erheben: Wir kaufen nichts. – Aber nein, zwei alte Männer reichen sich die Hand... Tempi passati.

Mit Bangen denke ich an meine deutschen Vorgänger hier, die innerhalb dieser verfluchten Dimension Eigentlichkeit keine Deutschen mehr sein sollten. Nelly Sachs, von Selma Lagerlöf gerettet, nur knapp dem Tod entronnen. Thomas Mann, vertrieben und ausgebürgert. Hermann Hesse, aus der Eigentlichkeit ausgewandert, schon lange kein deutscher Staatbürger mehr, als er hier geehrt wurde. Fünf Jahre vor meiner Geburt, vor sechzig Jahren, stand hier der letzte deutsche Preisträger für Literatur, der in Deutschland starb, Gerhart Hauptmann. Er hatte seine letzten Lebensjahre in einer Version Deutschland verlebt, in die er wohl trotz einiger Mißverständlichkeiten nicht hineingehörte. In bin weder ein Eigentlicher noch eigentlich keiner, ich bin ein Deutscher, mein einzig gültiger Ausweis, den mir niemand auszustellen oder zu verlängern braucht, ist die Sprache, in der ich schreibe. Als solcher, als Deutscher, freue ich mich über die große Ehre. Ich danke der Schwedischen Akademie und dem Land Schweden für diese Ehre, die wohl nicht nur mir gilt, auch der Sprache, in der ich mich ausdrücke, und dem Land, dessen Bürger ich bin.

(Rede zur Verleihung des Nobelpreises für Literatur)

Enge Weltsicht contra weites Herz

Bedarf es eigentlich einer ausführlichen Rechtfertigung, daß Heinrich Böll wirklich nicht den Terrorismus befürwortete? Nein, das wäre – wenn das mal so traditionell ausgedrückt werden darf – unter der Würde des pazifistischen Autors. Im übrigen war es keine Geringere als Ulrike Meinhof selbst, die Böll als für die terroristische Sache vollkommen unbrauchbar bezeichnete. Dafür sei er zu »korrupt«.

Am 9. November 1974 trat Ulrike Meinhof, die seinerzeit im Stuttgart-Stammheimer Hochsicherheitstrakt einsaß, in einen Durst- und Hungerstreik. Dadurch wäre natürlich der Tod vorprogrammiert gewesen. Die Rechtsanwälte und Freunde der ehemaligen Journalistin baten Böll, die Meinhof von ihrem Streik abzubringen. Böll bemühte sich um eine Besuchserlaubnis, sie wurde bewilligt, doch die Inhaftierte lehnte die Begegnung ab.

Tags darauf, am 10. November, wurde in Berlin der Kammergerichtspräsident Günter von Drenkmann ermordet. Heinrich Böll gab zu diesem Ereignis der »Frankfurter Rundschau« ein Interview und verurteilte das Vorgehen der RAF aufs schärfste. Er nannte die Tat ein »doppeltes Verbrechen«; zum einen sei ein Mensch getötet worden, zum anderen sei es ein »wahnsinniger Zustand«, wenn in Zukunft alle höheren Vertreter der Gerichtsbarkeit oder der Polizei in Unsicherheit und Angst um ihr Leben leben müßten. Das Vorgehen der Terroristen radikalisiere die ohnehin hysterische Situation noch mehr. Jede Form »geistiger« Radikalität stehe nun in der Gefahr, in die Nähe der RAF gebracht zu werden.

Ulrike Meinhof äußerte sich dazu folgendermaßen (damals hatte die totale Kleinschrift noch den Reiz des Revolutionären): »zu böll noch: ich hatte ihm noch bevor sein

dreck in der fr [Frankfurter Rundschau] kam sagen lassen, dass er nicht kommen soll, wenn er nicht wirklich entschlossen sei, jetzt was zu machen. schon darauf hatte er nicht reagiert. seine hetze liegt logisch auf der ebene seiner entwicklung der letzten zwei jahre. dass er überhaupt ankommen wollte – da war eben schon zu bezweifeln, dass da was dran sein würde, korrupt wie er ist, tot – seit dem wahlkampf 72«. (Anmerkung: Im Wahlkampf 1972 hatte sich Heinrich Böll für den amtierenden Bundeskanzler Willy Brandt und die SPD eingesetzt. In den achtziger Jahren galt seine Sympathie den Grünen.)
Die einsitzenden Terroristen erklärten ihrerseits zum Tode Drenkmanns, sie begrüßten diesen Mord ausdrücklich. Sie fügen an: »... die Bölls, für die der Tod eines Schreibtischtäters schwerer wiegt als der Tod eines Revolutionärs. Was hat Böll eigentlich mit seiner ›Katharina Blum‹ gemeint, wenn nicht, daß die Erschießung eines Vertreters des herrschenden Gewaltapparates moralisch gerechtfertigt ist. Wenn aus ›literarischer Gewalt‹ materielle Gewalt wird, schlägt sich derselbe Böll auf die Seite derer, deren Wort er eben noch als verlogen gegeißelt hat...«
Will man den Terroristen nicht blanke Dummheit unterstellen, so bleibt nur die Alternative, ihnen böswilliges Mißverstehen anzulasten. Die Katharina Blum als Einladung zum Terrorismus aufzufassen, dazu muß man wirklich den eingeschränkten Blickwinkel und die fanatisch eigenwillige Weltbetrachtung eines Terroristen besitzen.
Böll und die Terroristen konnten sich gar nicht verstehen. Ihre Auffassung von Freiheit, Glück und Solidarität lagen zu weit auseinander. Der Poet liebte die Welt, obwohl er sie kritisierte – die Terroristen verachteten sie bloß. Der Dichter maß dem Leben den höchsten Wert zu, die Terroristen schätzten es gering. Der Schriftsteller verfügte über eine Fähigkeit, die den Terroristen vollständig abging: die Kunst des Differenzierens! Freilich – zuweilen hatte auch er seine Schwierigkeiten damit. Sprach er doch in seinem

»Spiegel«-Artikel sehr pauschal von der »gesamten Öffentlichkeit mit ihren zumindest unkontrollierbaren Instinkten«. Was hatte ihn zu dieser so gar nicht differenzierten Äußerung bewogen? War es die »Panik«, in die ihn »der leiseste Anhauch von Faschismus« versetzte, wie er einmal sagte? Vielleicht war es auch das Bedürfnis des Schriftstellers, sich abzugrenzen und zu behaupten gegenüber jenen Menschen, die es aus dumpfer Furcht vor den Terroristen an Bereitschaft zur Auseinandersetzung mit dem Phänomen Terrorismus mangeln ließen. Unbewußt mögen ihm die aus dem Intellektuellenmilieu stammenden Terroristen »näher« gestanden haben, als die nicht-intellektuellen Bild-Leser; natürlich keineswegs in bezug auf die Einstellung zu Terror und Gewalt. Als er sich um eine Besuchserlaubnis der hungerstreikenden Meinhof bemühte, mußte er ja zumindest noch von deren Fähigkeit zum Diskurs ausgegangen sein. Er hatte sich geirrt. Das zuzugeben, zeugt von Größe: Böll übte Selbstkritik an seiner damaligen Reaktion auf die »Sympathisanten«-Hysterie. Als er sich jedoch in die Enge getrieben fühlte, war Besonnenheit manchmal Mangelware.

Und die Stärke der Bürger war das auch nicht gerade. Im heißen Herbst lehnte es gar ein Handwerker ab, im Hause Böll einen Boiler zu reparieren. Noch heute bringen Zeitgenossen beim freien Assoziieren zum Stichwort Böll zuerst die Terrorismusdebatte ins Spiel. Armes Deutschland. Böll hat es genau beschrieben.

Ich glaube nicht, daß die beiden Tätigkeiten, gute Bücher schreiben – ein sehr vager Ausdruck übrigens – und sich politisch engagieren oder politisch äußern, alternativ sind. Im Gegenteil: einen guten Roman schreiben, dazu gehört soviel Beobachtung und Verarbeitung von Wirklichkeit bis zur Zeitungslektüre, bis zur Beobachtung des Politikervokabulariums, daß gerade ein Schriftsteller, etwa ein Romanschriftsteller, durchaus in der Lage ist, auch politische Wirklichkeit zu beurteilen und sich dazu zu äußern.

(Interview mit Reinhard Hoffmeister, in: Aspekte [ZDF] vom 2. 9. 1969)

Geschmackssache

»Heinrich Böll?« Die junge Frau schnauft einmal durch, als wolle sie ein paar Sekunden Bedenkzeit rausschinden. »Den hab' ich mal in der Schule gelesen. Das mit dem Clown.« Ich bohre weiter, ob sie danach niemals wieder ein Buch von Böll gelesen habe? Die Antwort ist klar und knapp: »Nee!« Und weil ich anscheinend so verdutzt gucke, fügt sie fast entschuldigend hinzu: »War nicht so mein Stil.«

Muß ja auch nicht. Ich wende mich anderntags an einen Germanistikprofessor einer großen deutschen Universität. Welche Bedeutung er Heinrich Böll für die Gegenwart zumesse? »Für die aktuelle? Keine.« Er billige dem Schriftsteller Zeitzeugenschaft zu, aber in der aktuellen Literaturszene spiele Böll keine Rolle mehr.

Eigenartigerweise sprechen gewisse Zahlen dagegen: der Kölner Kiepenheuer und Witsch Verlag, der mittlerweile die Rechte an fast jeder jemals veröffentlichten Zeile von Böll besitzt, macht mit diesem Autor immer noch große Umsätze. Nach konkreten Absatzzahlen gefragt, teilte mir der Verlag mit, man führe aufgrund der Fülle der Werke, Teilsammlungen, Neuausgaben usw. schon seit mehreren Jahren solche Untersuchungen nicht mehr durch. Ich würde mich wohl mit der Formulierung »einer der erfolgreichsten Schriftsteller der Nachkriegszeit« begnügen müssen.

Selbst ein posthum ediertes Werk, der Roman »Der Engel schwieg« aus der Frühzeit des Böllschen Schaffens, war ein Erfolg. In jeder deutschen Buchhandlung findet man immer wenigstens ein paar Taschenbücher von Böll. Der ist einfach Standard. Aber sollte es ihm wie dem heimlichen Bestseller des Buchmarktes, der Bibel, ergehen? Daß man ihn kauft – aber nicht liest?

Über Geschmack kann man bekanntlich nicht streiten. Manche finden Böll provinzlerisch. Dazu hat er sich selbst einmal bekannt: »Je älter ich werde, desto bewußter werde ich regionalistisch oder fast provinziell. Ich glaube, daß die Welt überall die ganze Welt ist. Nicht im Sinne von heil, sondern im Sinne von komplett.« Manche finden Böll langweilig. Da mag der zum Antwortgeben Aufgeforderte sich erst einmal räuspern. Es ist keine Schande, zu bekennen: Wer an einem Wochenende das Bändchen »Wanderer, kommst du nach Spa« mit vierundzwanzig Kurzgeschichten gelesen hat, bei dem stellt sich eine gewisse Müdigkeit ein. Bölls Formulierungen verlieren dann an Pep, die antiphonähnlichen Wiederholungen oder die zahlensymbolischen Rechnungen kommen einem mit der Zeit bekannt vor.

Aber ich erlaube mir dazu einen hinkenden, doch nicht vollkommen abwegigen Vergleich anzustellen: die Musik von Johann Sebastian Bach ist der Ausfluß einer tief empfindenden Menschenseele. Jubel und Trauer vermochte er in Töne zu formen. Er schrieb Orgelwerke und Kantaten, Violin-, Flöten-, Blechblasinstrumentenkonzerte und Präludien und vieles mehr. Neben großartigen Klangwerken stehen da natürlich auch mittelmäßige Gelegenheitskompositionen. Dabei waren die meisten seiner Schöpfungen schlicht ökonomisch bedingte Auftragsarbeiten für Fürsten oder kirchliche Konsistorien. Und trotzdem war die Musik gut. – Worauf ich aber hinaus will: In der Unmenge der von Bach aufgeschriebenen Töne finden sich natürlich Klangfolgen, die er, der fromme Protestant, besonders liebte, die sein Thema waren. Er scheute sich nicht, diese wiederholt zu verwenden. Der berühmte Choral »O Haupt voll Blut und Wunden« kommt beispielsweise mit sehr unterschiedlichen Texten und verschiedenen instrumentalen Besetzungen im Bachschen Werk x-mal vor. Oder: das Weihnachtsoratorium ist ein Konglomerat aus mehreren Werken, aus denen Bach die besten Stücke herausnahm, neue dazu schrieb (wie die Hirtenmusik) und so ordnete, daß ein Ganzes, ja etwas wirklich Neues dabei entstand. – Selbstverständlich gefällt auch der barocke Bach nicht jedem. Aber einzugestehen, daß er zu den größten Musikern gezählt werden muß, daß er Unsterbliches musizierte – daran kommt man nicht vorbei.

So auch unser Schriftsteller. Wer wollte es ihm übelnehmen, daß bei der Lektüre seiner Romane und Geschichten schnell deutlich wird: »typisch Böll!«? Dabei hat sich sein Stil ja über die Jahrzehnte gewandelt, wenngleich seine »Handschrift« immer erkennbar blieb. Böll experimentierte eben nicht, sondern »schrieb einfach«. Das gehörte wohl zu seinem Wesen: neben der Kunst des Differenzierens beherrschte er auch jene des spontanen Handelns. Wer das aber tut, wer sich äußert, ohne lange zu fackeln – der nimmt auch in Kauf, sich einmal den Mund zu verbrennen, über das Ziel hinauszuschießen, einen Abweg einzuschlagen.

Esther Vilar klagt in ihrem beißenden Essay über den »betörenden Glanz der Dummheit«, es sei doch ein Armutszeugnis: jedem Dali sähe man den Dali an; warum die Künstler immer nur das reproduzierten, was sie ohnehin beherrschten. Da muß es einen Ausgleich zwischen Angebot und Nachfrage geben, mag man erwidern. Der wahre Schokoladist kann sich eben nicht mit Gummibärchen befriedigen. Süß ist nicht gleich süß. Auch Bach, Paul Klee und Schwarzwurzeln sind Geschmackssache. Darüber läßt sich nicht streiten.

Ich bin mir sicher, daß noch meine Enkelinnen und Enkel Heinrich Bölls Bücher lesen werden: manchen Titel als historischen Roman, manchen Essay als Zeitdokument. Aber sie werden auch Erzähltes lesen, was von bestechender Aktualität ist, wie heute auch noch so manche Seite von Epikur, Novalis oder Augustinus. So was pflegt man dann wohl »Weltliteratur« zu nennen.

Herr Präsident, meine Damen und Herren,

wenn ich Sie bitte oder gar auffordere, hin und wieder ins Grundgesetz hineinzuschauen, dann sollten Sie das – bitte! – nicht als Zumutung empfinden. Unterm Arm tragen läßt sich dieses schmale Heft übrigens nicht: es rutscht einem weg, so klein ist es (ich hab's ausprobiert!, wirklich!), es paßt in jede Tasche, auch in Damenhandtaschen nimmt es kaum mehr Platz ein als ein volles Scheck-, ein kleines Gebetbuch oder ein Make-up-Etui; leichtes Gepäck und doch schwerwiegend, entscheidend für viele von uns, auch für Ausländer und Asylbewerber, die unter uns leben.
Dieses kleine Heft, das Grundgesetz, ist nicht nur leserlich, es ist sogar verständlich, es stehen vielversprechende Sätze darin. Ich finde, es wäre nicht zuviel verlangt, jeden Abgeordneten zu verpflichten, mindestens einmal wöchentlich – möglichst laut vor sich hin – das Grundgesetz zu lesen; es sollte doch Ihrer aller Stundenbuch, Ihr Brevier sein, es könnten auch gemeinsame Lesungen abgehalten werden, Vorlesen vor der versammelten Fraktion, mit anschließender Meditation, Diskussion, Interpretation.
Wirklich, das Grundgesetz regt die Phantasie an, und es sind besonders die lapidaren Formulierungen, die – läßt man sie in sich hineinsinken – wahre Explosionen hervorrufen können. Zum Beispiel: Die Würde des Menschen ist unantastbar *(Artikel 1). Berufen Sie nicht gleich einen Anthropologenkongreß ein, gründen Sie auch nicht eine anthropologische Untersuchungskommission. Lassen Sie einfach das Wort* Mensch *in sich hineinsinken. Es bedarf keiner tieferen anthropologischen Erkenntnisse, um festzustellen, daß zum Beispiel Türken* auch *Menschen sind, sogar Chinesen, Malaien, Indios und Afghanen; die Tatsache, daß alle Menschen Menschen sind, wird Ihnen ohnehin jeder Anthropologe bestätigen. Es bedarf dann keiner besonders tiefgreifenden Meditation, um herauszufinden, sozusagen auf dem Grund Ihrer Seele auf die Erkenntnis zu*

stoßen, daß sogar Kommunisten Menschen sind, ganz gleich, ob sie berechtigter- oder unberechtigterweise so bezeichnet werden.
Vergessen Sie auch nicht, daß die Menschlichkeit des Menschen sich in Unmenschlichkeit ausdrücken kann. Nur der Mensch kann ein Unmensch sein, nur er kann kriminell werden. Die Löwin, die die Gazelle reißt, ist kein Untier, sie ist nicht kriminell, mag ihr blutiges Tun Sie auch veranlassen, die Hände vors Gesicht zu nehmen oder sich »schaudernd abzuwenden«.
Schlimm für Sie: Sogar Terroristen sind Menschen, und der lapidare Anfang unseres Grundgesetzes zwingt Sie zu der Einsicht, daß auch sie, die Terroristen, Würde haben, die unantastbar ist. Kriminell, verrückt, uneinsichtig, borniert, fanatisch – lauter menschliche Eigenschaften. Macht es Sie nicht nachdenklich, wenn Sie sich klar darüber werden, daß die Menschlichkeit des Korrupten oder Korrumpierbaren Sie nachsichtig stimmt, vielleicht sogar ein Lächeln bei Ihnen hervorruft (oh, wie menschlich er ist!), während Sie alle anderen möglichen menschlichen Eigenschaften einfach als unmenschlich abtun, nur, damit Sie die Würde *des Straffälligen nicht beachten müssen? Terroristen, Kriminelle, Ausländer, Asylanten sind Menschen, auch Kommunisten, sogar Kapitalisten.*
Und der anfangs zitierte Satz aus dem Grundgesetz, sozusagen der Grundsatz *unserer Republik, lautet* nicht: *Die Würde des deutschen Menschen oder die Würde des untadeligen Menschen ist unantastbar. Achten Sie darauf, und vielleicht schauen Sie sich daraufhin einmal an, wie würdig, menschenwürdig Asylanten, Terroristen, Ausländer untergebracht und behandelt werden.*

(*Die ungehaltene Rede vor dem Deutschen Bundestag*)

Ora pro nobis

»Ich bin der Heilige von Kamp-Lintfort!« Dem Auditorium stockte betroffen der Atem; für die Mittelstands-Christen, die den Katholischen Kongreß besuchten, war das zuviel. Der Redner war doch kein berühmter Mensch, kein auffälliger Typ, nicht einmal ein Priester; eben einer wie sie auch: mittelmäßig, normal.

Auf besagtem Katholikentreffen gab es heiße Diskussionen zum Thema. Vor allem ein Priesteramtskandidat empfand des Mannes Äußerung als anmaßend. Dabei hatte der fromme Herr aus Kamp-Lintfort (einer netten, kleinen Stadt am Niederrhein) doch etwas Wahres gesagt. Heißt es nicht im ersten Petrusbrief: »Ihr aber seid ein auserwähltes Geschlecht, eine königliche Priesterschaft, ein heiliger Stamm, ein Volk, das sein besonderes Eigentum wurde...« (2. Kapitel, Vers 9). Alle Glieder der christlichen Gemeinde sind also Heilige – und der Kamp-Lintforter hat das Prädikat zu Recht für sich in Anspruch genommen. Die Christen sind ge-heiligt.

Die kanonisierten Heiligen der Kirche hingegen sind anscheinend Heilige besonderer Qualität. Übrigens werden sie erst – grob gerechnet – seit tausend Jahren offiziell vom Papst »heilig-gesprochen«. Vorher wurde ein Mensch einfach durch die Verehrung des Volkes zu diesen Ehren erhoben, so auch die beliebten Heiligen Nikolaus, Martin und Barbara.

Nun ist der Heiligen-Kalender der Kirche ziemlich umfangreich, und die dort versammelten Damen und Herren werden in verschiedene Kategorien nach Wichtigkeit eingeteilt: gebotene und nicht-gebotene Gedenktage, Feste und Hochfeste stehen auf dem Programm. Aber es liegt auf der Hand, daß viele außergewöhnlich gute Menschen nicht auf dieser Top-Liste zu finden sind. Manche scheiden

aus, weil sie keine Christen waren (wie Mahatma Gandhi) oder nicht katholischer Konfession (beispielsweise Dietrich Bonhoeffer). Manche sind katholische Christen, stark im Glauben und in der Liebe – aber dennoch genügen sie nicht den strengen Kriterien der Heiligsprechungsverfahren. Bertrand Russells Einspruch muß wohl stattgegeben werden: Menschen, die der Menschheit erstklassige Dienste erweisen, werden für die Kirche indiskutabel, sobald sie sich ein individualethisches Versagen zuschulden kommen lassen, also einen Ehebruch zum Beispiel.
Ist die Crew der offiziellen Heiligen wohl eine lohnenswerte Gesellschaft? So oberflächlich wird man das nicht beurteilen können. Aber fest steht, daß diese Gruppe keineswegs einen repräsentativen Schnitt durch die christliche Gesellschaft darstellt. Neunzig Prozent sind Ordensleute und Kleriker: wo bleiben die Korbflechterinnen und Pizzabäcker, die Bankangestellten und Umweltschutztechnikerinnen? Immerhin bemühen sich die Päpste der letzten Jahrzehnte, das europäische Übergewicht an Heiligen auszugleichen, indem sie Frauen und Männer aus Afrika und Asien zur Ehre der Altäre erheben. Allerdings sind Jungfrauen immer noch bevorzugt.
Keine Chance also für Heinrich Böll? Eine absurde Vorstellung? Sicher wäre Böll der Letzte, der sich mit dieser Idee anfreunden könnte. Aber es geht doch einmal um die Frage, warum ein solcher Mensch nicht ins Konzept passen kann. Warum sollte dieser Mann dem Seligsprechungsverfahren nicht standhalten können? Nun ist kirchenrechtlich genau geregelt, wie ein Prozeß abzulaufen hat, der die Bewerber auf den Heiligentitel prüft. Diese Verfahren sind aufwendig, langwierig und ausgesprochen teuer, denn mehrere Jahre lang wird ein Abgesandter Roms mit den Recherchen betraut. Der muß ausgehalten werden (in jeder Beziehung). Dabei ist ein Advocatus Diaboli vorgesehen, also jemand, der die Gründe vorträgt, warum die betreffende Person der Heiligen-Würde nicht

würdig sei. Was wollten wir Heinrich Böll übelnehmen? Daß er Kettenraucher war? Daß er mit seinem Verleger dann und wann um Prozente feilschte? Daß er in der öffentlichen Diskussion weit, bisweilen zu weit ging? Daß er seinen individuellen Weg des Glaubens ging – immer an der Seite Gottes, aber eben außerhalb der verfaßten Kirche?

Das Kirchenrecht fordert noch einen besonderen Beweis der ontologischen (»seins-mäßigen«, typisch philosophisch) Andersartigkeit des Bewerbers: eine Wunderheilung, auf seine Fürbitte hin! Nun beschwören einige Frauen, die heilige Hemma von Gurk habe bewirkt, daß die Geburt glücklich verlief, und manche Männer bekennen, ein Segen des heiligen Blasius sei der beste Schutz gegen Halsschmerzen. Ähnliche Erhörungen sind für Heinrich Böll nicht belegt. Aber warum wird nicht anerkannt, daß Bölls Geschichten Menschen bewegen und zum Nachdenken anregen, zum Handeln ermutigen?

Stichwort Handeln: In einem Beitrag für den Norddeutschen Rundfunk äußerte sich Böll am 6. Juni 1984 zur Nachrüstungsdebatte des Deutschen Bundestages. Er spricht vom Widerstand als einem existentiellen Begriff und erinnert daran, der gewaltlose Widerstand sei ein verbrieftes Recht. In diesem Zusammenhang verweist Böll auf Heilige, die Widerstand geleistet haben: Martin von Tours tauschte seinen Soldatenmantel gegen ein Mönchsgewand; Mauritius, Victor, Gereon, Cassius und Florentinus waren sogar soldatische Befehlsverweigerer römischer Legionen, wurden deswegen hingerichtet und werden bis auf den heutigen Tag als Märtyrer verehrt. Bölls Beitrag schließt, wie auch seine Überschrift lautet: »Steht uns bei, ihr Heiligen!«

Böll war sich immer bewußt, er lebte und arbeitete nicht im luftleeren Raum, er schrieb nicht im Elfenbeinturm der Muse, die – über allem schwebend – nur Entzücken an der Ewigkeit hat. Ganz im Gegenteil: Heinrich Böll fand sich

gebunden an, wie er selbst es ausdrückte, »Zeit und Zeitgenossenschaft«, an das »von einer Generation Erlebte, Erfahrene, Gesehene und Gehörte«. Will sagen: die Aktualität ist ein Kriterium seines Schaffens. Nicht im Sinne von journalistischen Eintagsfliegen. Aber Bölls Geschichten spielen unter bestimmten zeitgeschichtlichen Bedingungen, lassen sich festmachen an einem konkreten Rahmen: nämlich etwa vier Jahrzehnte ab der Mitte des 20. Jahrhunderts. Ort der Handlung ist ein Nachkriegsdeutschland, wo der Geist, der dem Chaos des nationalsozialistischen Irrsinns Leben einhauchte, noch atmet. Der Kölner Oberbürgermeister Norbert Burger sagte einmal gar nicht so verkehrt, Bölls Werk könne als »kommentierte Chronik der Nachkriegszeit« gelesen werden. Höchst offiziös gilt diese ja mittlerweile als beendet (seit dem Fall der Mauer, den Böll leider nur aus anderer Perspektive miterleben konnte), wenn auch die Narben noch jucken.
Böll war geradezu ein prophetischer Mahner, ein Rufer in der Wüste: die Kriegserfahrungen prägten tief und führten ihn in den »deutschen Herbst«, weil er nicht schweigen wollte, als sich das Ungeheuer der schleichenden Unterdrückung erneut erhob. Und den biblischen Propheten gleich, hat sich Böll in seine Rolle nicht hineingedrängt. Elia wollte am liebsten sterben, Jona machte sich aus dem Staub – wer wollte Böll Fluchtgedanken verübeln? Aber er hielt stand. Da wurde der Beruf zur Berufung. Der Böll-Experte Schäfer, gefragt, ob der Literat die ganze lange Affäre unbeschadet überstanden habe, ohne Verbitterung, ohne Zorn, hält inne und sagt dann nur: »Lesen Sie ›Frauen vor Flußlandschaft‹!« Ein Buch aus Monologen, voller Traurigkeit und Enttäuschung, ein geradezu schwermütiges Buch. Aber auch da steckt noch »Mut« drin, wenn er auch »schwer« fällt... Kleingekriegt hat man Böll nicht!
Heinrich Böll war ein lebensfroher Zeitgenosse. Er hat die Crux so wenig gesucht wie jeder andere. Er aber war mit

der Fähigkeit beschenkt, die Krisen literarisch zu verarbeiten und dadurch für andere fruchtbar zu machen. Stummen sind Worte und Stumpfen eine Einladung zur Sensibilisierung gegeben. Das Offensichtliche, das Sichtbare beschreiben und in für jeden verständliche, oft unterhaltsame Worte fassen, das ist ein mühseliges Unterfangen. Es kann Leiden verursachen. Und doch gibt es Menschen, die nicht anders können, als es zu tun.
Wer war wohl der Namenspatron Bölls? Heilige Heinriche gibt es mehr als ein Dutzend! Vielleicht der heilige Kaiser, Heinrich II.? Unwahrscheinlich. Oder Heinrich Seuse, der mittelalterliche Mystiker? Es gibt auch einen Kölner Heinrich. Dieser war Prior der Kölner Kapuziner und starb am 23. Oktober 1229. Wie auch immer. Heinrich Böll von Köln war jemand, der die christlichen Grundwerte, die Kardinaltugenden Glaube, Hoffnung und Liebe einmal anders darstellte: als Ringen um Gerechtigkeit, Streiten für den Frieden und Einmischung ins Tagesgeschäft der Politik, als Solidarität mit Kollegen seiner Zunft: Böll setzte sich für Wolfgang Harich ein, für Erich Loest, Wolf Biermann, er verteidigte Günter Wallraff, nahm Alexander Solschenizyn in sein Haus auf, stritt für den südkoreanischen Autor Kim Chi Ha, für Andrej Sacharow und natürlich seinen Freund Lew Kopelew. Eine Aktualisierung der befreienden Botschaft des Evangeliums. Selbst die traditionellen Gelübde bekommen ein neues Gesicht: Keuschheit heißt dann, daß es allein auf die Liebe ankommt, und Gehorsam verpflichtet dem geschärften, wachen Gewissen gegenüber; Armut kann dann bedeuten, daß der weltberühmte Literat ohne Starallüren auskommt. Christa Wolf gratulierte Heinrich Böll unter anderem mit diesen Worten zum 65. Geburtstag: sie frage sich, »wie Sie es fertigbringen, als Instanz, die Sie glücklicherweise sind (übrigens auch für mich), nicht Schaden zu nehmen. Ich erinnere mich an Seiten in Ihren Büchern, an Auftritte im Fernsehen, an polemische Artikel und sanfte Artikel, in

denen Sie sich ungeschützt zeigten, wütend, verletzt, traurig, entsetzt, angstvoll, dankbar und liebevoll: dies ist nicht der Weg der Instanzen. Ist eine Instanz lustig, ironisch, listig? Mutig? Und noch dazu scheint Ihnen gar nichts anderes übrigzubleiben, als dem Bedürfnis so vieler nach einem Menschen, der ›zuständig‹ ist, zu genügen und es gleichzeitig, ›mit der anderen Hand‹, zu ignorieren.«
Ein langjähriger Freund und zeitweiliger Sekretär Heinrich Bölls, Erich Kock, sagte im Mai 1986 bei einem Vortrag in Schwerte: Böll »hatte seine Anfechtungen bodenloser Rechthaberei, der Wut, der Voreingenommenheit, der einseitigen Parteinahme, auch der Eitelkeit. Ich meine jedoch, daß er sich dessen bewußt blieb und sich jeweils zu korrigieren verstand. Und Böll besaß Mut – eine Kardinaltugend des Schriftstellers, nicht nur Einsicht. Wer als Schriftsteller keinen Mut besitzt, sollte das Schreiben lieber gleich bleibenlassen.«
Erich Kock meinte, man brauche Böll »nicht zu einer Art ›Heiligen‹ hochzustilisieren.« Ich meine, ihn hochzustilisieren sei in der Tat nicht notwenig, wenn man bereit ist, den Begriff der Heiligkeit eines Menschen umfassender zu interpretieren. Auch wenn es den Geschmack des Ungewohnten hat: Heinrich Böll, dieser Poet aus Passion, war ein Heiliger – gegen den Strich!

Wir kommen weit her
liebes Kind
und müssen weit gehen
keine Angst
alle sind bei Dir
die vor Dir waren
Deine Mutter, Dein Vater
und alle, die vor ihnen waren
Weit weit zurück
alle sind bei Dir
keine Angst
wir kommen weit her
und müssen weit gehen
liebes Kind

Dein Großvater

(Für Samay)

Quellenhinweise

»Für Samay« – »Die ungehaltene Rede vor dem Deutschen Bundestag« (Auszug) – »Interview mit Reinhard Hoffmeister« (Auszug) – »Was soll aus dem Jungen bloß werden?« (Auszug) – »Anti-Kommunismus in Ost und West« (Auszug)
Abdruck erfolgt mit Genehmigung des Verlages Kiepenheuer & Witsch Köln.

»Rede zur Verleihung des Nobelpreises für Literatur« (Auszug) – »Man muß weit gehen« (Auszug) – »Antwort an Pfarrer Kurscheid« (Auszug)
Aus: Heinrich Böll. Essayistische Schriften und Reden. Bd. 2. © 1979 by Verlag Kiepenheuer & Witsch Köln.

»Irisches Tagebuch« (Auszug) – »Abschied von Irland« (Auszug)
Aus: »Irisches Tagebuch« von Heinrich Böll. © 1957, 1988 by Verlag Kiepenheuer & Witsch Köln.

»Brief an Ernst-Adolf Kunz« (1948, Auszug) – »Brief an Ernst-Adolf Kunz« (1949, Auszug)
Aus: »Die Hoffnung ist wie ein wildes Tier. Briefwechsel zwischen Heinrich Böll und Ernst-Adolf Kunz 1945–1953«. © 1994 by Verlag Kiepenheuer & Witsch Köln.

»Und sagte kein einziges Wort« (Auszug)
Aus: »Und sagte kein einziges Wort« von Heinrich Böll. © 1953, 1979, 1995 by Verlag Kiepenheuer & Witsch Köln.

»Frauen vor Flußlandschaft« (Auszug)
Aus: »Frauen vor Flußlandschaft« von Heinrich Böll. © 1985, 1987 by Verlag Kiepenheuer & Witsch Köln.

»Brief an meine Söhne oder vier Fahrräder« (Auszug)
Aus: »Das Ende«. © 1984 by Verlag Kiepenheuer & Witsch Köln.

»Mein teures Bein« – »Mit diesen Händen«
Aus: Heinrich Böll. Erzählungen. © 1994 by Verlag Kiepenheuer & Witsch Köln.

»Der Zug war pünktlich« (Auszug)
Aus: Heinrich Böll. Werke, Bd. 1. © 1977, 1987 by Verlag Kiepenheuer & Witsch Köln.